DOMADA POR EL MULTIMILLIONARIO

JUDY ANGELO

LA HERMANDAD MULTIMILLLONARIA

VOLUMEN 1

D OMANDO A LA PRINCESA

.. ⚜ ..

SERENA VAN BUREN, LA privilegiada hija de un pudiente hombre de negocios, espera impaciente por el viaje en el que recorrerá Europa durante tres meses con sus compañeros de la Universidad. ¡Pero no se imagina que el destino tenga otros planes para ella!

En lugar de ir a bailar con guapos italianos o cenar con franceses encantadores, Serena se encontrará atrapada en una pasantía de seis meses con el autoritario magnate Roman Steele - un acuerdo hecho por su propio padre.

Serena está decidida a mostrarle a Roman que no cederá a las exigencias de ningún hombre, sea o no su jefe. Ella es una Van Buren, después de todo y es conocida por desarmar a un hombre con una mirada. Pero Roman Steele no es como los hombres que ella ha conocido. Sexy, sensual y sorprendentemente guapo, tiene algo a lo que Serena no puede resistirse. Parece que finalmente Serena Van Buren ha encontrado la horma de su zapato.

Un dulce y descarado romance que te tendrá sonriendo...

CAPÍTULO UNO

Roman Steele miró fijamente a través de la mesa de la sala de juntas a su viejo socio de negocios —. Entonces, básicamente me estás diciendo que ella es una mocosa malcriada.

El viejo hombre frunció el ceño —. Si lo dices así, francamente... sí. Creo que eso es lo que estoy diciendo —. Richard Van Buren apoyó sus dedos en su estómago y se reclinó en la silla —. Ella está haciendo que me preocupe, Roman. Es un adulto ahora. No puede seguir comportándose así.

Cuando se trataba de negocios, Richard Van Buren sabía lo que hacía. De hecho, este industrial había sido fundamental para guiarlo por el camino hacia su propio éxito. Mientras estudiaba en el MIT, se desempeñó como asesor y mentor del grupo de compañeros de Roman que se habían desafiado a sí mismos a convertirse en multimillonarios en los siguientes diez años. La Hermandad Multimillonaria como se llamaban a sí mismos, jóvenes y ambiciosos y listos para sacudir el mundo. El desafío que habían lanzado y su determinación habían dado sus frutos, y todos ellos (Roman, Pierce, Dare y Storm, los miembros fundadores) se convirtieron en empresarios de gran éxito dentro del plazo que habían fijado. Los miembros más jóvenes pronto se unieron y fueron asesorados sobre sus propios éxitos. Por su tutoría de la Hermandad multimillonaria inicial, Roman le debía mucho a Richard Van Buren. Ahora era su turno de servir al caballero amable.

— ¿No crees que estás siendo melodramático? — preguntó Roman, algo entretenido —. Dijiste que es un adulto. Creo que la vida real podría aplacarla.

— Ese es el problema. No la he expuesto a alguna de esas realidades —. Richard sacudió su cabeza y luego suspiró —. Desde que su madre murió, cuando Serena tenía seis años, la he consentido, dejándola hacer su propia voluntad. Para compensar la muerte de su madre, creo —. Su mirada se perdió y su voz se apagó.

— ¿Pero no te estarás excediendo? — apuntó Roman.

Richard hizo una mueca —. La dejé perder el control por años. Pensé que con la supervisión del ama de llaves estaría bien. Después de todo, se supone que las niñas son más fáciles de criar que los varones, ¿cierto? Supongo que me equivoqué —. Richard sonrió con tristeza. Buscó en su bolsillo y sacó de su billetera de cuero marrón una pequeña fotografía. La deslizó por la mesa —. Esta es mi Serena cuando tenía diecinueve años — se encogió de hombros. — Ahora es un par de años mayor.

Roman tomó la fotografía para encontrarse con la sonriente cara de una chica sentada en el lomo de un semental de un brillante color negro. Era asombrosamente hermosa, con el largo cabello castaño flotando alrededor de su cara con forma de corazón y un precioso puchero que desviaba la atención a los rosados pétalos de sus labios. Sus ojos eran de un exquisito azul como el Océano Pacifico y en ellos se notaba una mirada desafiante que decía mucho de la confianza y el espíritu de la chica.

Roman levantó las cejas — Entonces esta es Serena —. Dijo, casi para sí—. Es una hermosura.

— Ese es el problema —. Dijo amargamente Richard — Es bonita y lo sabe. Y además es la hija de un hombre rico que la consiente —. Su cara tomó una triste expresión —. Yo no quería que las cosas fueran de este modo. Quería que mi hija se preparara para el mundo. Cuando yo muera, ella es la que se hará cargo de la compañía y en este momento no está preparada para nada de eso.

Roman apartó su mirada de la fotografía y miró a Richard —. Hablas como si fueras a irte pronto —. Dijo riendo —. Estás tan saludable como un caballo.

— Sí, pero nunca se sabe... — Richard tocó la mesa con su bolígrafo plateado —. Serena terminará la universidad en una semana. Tendrá veintiún años y una Licenciatura en Historia del Arte. Ni siquiera hizo la Licenciatura en Administración que le pedí. ¿Cuán preparada puede estar para hacerse cargo de la compañía? — Sacudió su cabeza y sonrió con sarcasmo —. No puedo ni confiar en que encontrará un marido adecuado. No ha mostrado interés en los chicos que ha conocido. Probablemente seguirá rechazándolos en los siguientes años.

— Entonces ¿qué vas a hacer al respecto?

Richard se encogió de hombros —. Aparte de obligarla a casarse con un hombre que conozca de negocios, no tengo idea —. Sonrió a la ridícula idea —.Ojalá estuviéramos en el siglo diecinueve.

Roman se sentó y miró profundamente a Richard. Podía notar cómo a pesar de intentar sonreír el viejo hombre estaba angustiado. Acababan de terminar una reunión de negocios donde discutieron una posible asociación entre sus empresas.

Estaban considerando formar una sociedad para desarrollar una nueva línea de productos para el cuidado de la piel. De la nada, Richard comenzó a hablar de su hija. La situación, obviamente, estaba dando vueltas en su cabeza.

— Déjame aclarar esto —, dijo Roman, cruzando sus brazos en su pecho —. Tienes una hija que le gusta hacer su voluntad. No le gusta escucharte a menos que le des lo que te pide. Haz estado haciendo esto por veintiún años ¿Y ahora quieres que siente cabeza y se involucre en los negocios?

Richard asintió solemnemente —. Sé que he sido un mal padre. Y sé también que es tarde. Debí haber sido más duro con ella todos estos años —. Suspiró profundamente —. Ella no está preparada, Roman. Mi hija necesita un curso intensivo de la vida real.

Roman liberó sus brazos cruzados y se inclinó hacia adelante —. Tengo una idea que creo que puede ayudar.

— ¿Sí? — Richard levantó sus cejas, obviamente con curiosidad.

— ¿Qué tal si tu hija trabaja para mí por un tiempo, digamos los siguientes seis meses?

— ¿La tomarías como una alumna, serías un mentor para ella?

— Correcto. Le daría responsabilidades que la preparen para ayudarte en la administración de tu compañía. Es mucho lo que puede aprender en seis meses pero puedo estructurar su papel y sus experiencias para que le sirvan de base en los negocios. Puedes aprovecharte de eso una vez que termine las pasantías.

Richard se veía dudoso —. Sabes que ella puede obtener esa experiencia fácilmente en mi oficina.

— Es verdad, ¿Pero cuán serio crees que se tomaría el trabajo sabiendo que puede dejarlo, ir de compras y que no será despedida?

Los labios de Richard se endurecieron —. Veo cuál es tu punto.

— Ahora, no puedo prometerte que después de esos seis meses tu hija sea un ángel, pero si puedo prometerte que ella dejará mi empresa con algo de experiencia en los negocios.

— Suena bien —, dijo Richard, aún con un poco de duda en su voz —. Tendré que encontrar la mejor manera de hacérselo saber. Tiene su corazón puesto en el viaje que hará a Europa justo después de la graduación, ¿Pero y esto? Le va a dar algo.

— Y tú, querido papá, te sentarás con ella para hacerle saber que empieza a trabajar en las Industrias Steele la primera semana de julio.

— Eso es sólo una semana después que llegue aquí.

— ¿Qué mejor momento para comenzar? Será antes de que se acostumbre a estar en casa, relajándose. Primero necesita sentar cabeza.

Richard asintió y suspiró profundamente, en su rostro había una mirada de alivio. Se levantó y estrechó la mano de su socio —. Roman, la primera semana de julio, mi hija estará en tus manos. Veamos que ocurre —. Había un brillo en sus ojos grises y sonrió —. Solo espero que sepas en lo que te estás metiendo.

Roman estrechó la mano de Richard —. No te preocupes por eso. Para cuando termine con tu Serena, será una nueva mujer —. El sonrió, completamente confiado, mientras soltaba la mano del hombre —. Puedes confiar en eso.

.. ❧ ..

SERENA ESCUCHABA DISTRAÍDA a sus amigas mientras éstas conversaban. Su mente no estaba con Tammy y Jan. La graduación era en dos días y ella esperaba que su padre volara desde Toronto a Nueva York para la ceremonia. El día después de la graduación estaría de vuelta a casa con él donde se supone él le haría una gran fiesta 'sorpresa'. Sabía lo que vendría por lo que tenía que practicar su mirada de 'Dios mío, qué gran sorpresa'. Sonrió para sí misma. Su papá era tan predecible.

Su sonrisa se amplió cuando recordó algo muy importante. Pasó cuatro grandes años en la exclusiva Universidad Alexander y se graduaría de magna cum laude. Su papá se aseguraría de darle un buen regalo por eso. Estaba muriendo de la curiosidad, pensando que podría ser. ¿El Porsche amarillo que la deslumbró en su último viaje a casa? ¿Un par de zarcillos de diamante? ¿Qué tal ese Ferrari que ella señaló en la muestra de carros? Serena apenas podía ocultar su emoción, pero mordió su labio y permaneció en silencio. No, no dejaría escapar sus ideas a sus amigas. Realmente no sabía cuál sería el regalo. De lo único que estaba segura es que iba a ser caro. Siempre lo era.

— ¿Serena? — Dijo Tammy con petulancia mientras tiraba del brazo de su amiga —, No has escuchado una palabra de lo que he dicho, ¿verdad? Estaba preguntando si querías ir a Saks.

— Está bien —. Dijo Serena, ligeramente molesta por haber sido sacada de su sueño.

— Sólo faltan dos días para la graduación —, dijo Jan, levantando sus cejas a Serena —. ¿No estás preocupada en lo más mínimo porque no hemos comprado nuestros vestidos?

—Vamos a estar usando las togas de graduación —, dijo Serena, rodando los ojos —. Nadie verá nuestros vestidos —. En ese momento no estaba interesada en algo tan banal como un vestido.

—Vamos a tener que quitarnos las togas en algún momento, ¿no crees? — presionó Jan.

Serena suspiró y dirigió su atención a sus amigas. Prefería ir a la tienda Gucci para ver carteras o hacer sus compras en Prada, pero sintió remordimientos. Las había estado ignorando todo el día. Era momento de hacerlas felices —. Tienen razón —, cedió —. Necesitamos conseguir ropa nueva. Vamos.

Ir de compras fue agradable y Serena y sus amigas terminaron cuando ella había comprado seis atuendos nuevos. Sabía que sólo necesitaba uno para la ceremonia de graduación, pero los otros le habían parecido tan hermosos, que simplemente no pudo resistir la tentación de llevarlos también. Y de todas formas, no es gran cosa. Tenía una tarjeta Platino y su papá se hacía cargo de las facturas mensualmente. Ni siquiera veía los estados de cuenta. Todos eran enviados directamente a la oficina de su papá para ser pagados.

—Estoy cansada —, bostezó Tammy mientras se dirigían hacia el Mercedes Benz SUV de Serena. Iban cargadas con bolsas de compras.

—Yo tengo hambre —, dijo Jan. — No hemos comido desde las once y ya son casi las siete.

—Escuché de un nuevo restaurante chino que abrió en la calle 49 —, dijo Serena —. Vamos a cenar allí. Yo invito.

El restaurante y la comida eran tan exquisitos como Serena había oído. La tapicería oriental de las paredes eran de un vivo terciopelo negro y rojo bordado y la alfombra color vino se sentía suave bajo sus pies en sandalias. La comida era servida en tazones de plata vistosamente decorados y, ante cada una de ellas, estaban los pequeños platos que estaban bien calientes. El vapor subía de los tazones, llenando el aire con una mezcla de deliciosos, penetrantes, picantes y salados aromas. Luego, el camarero trajo una pequeña cesta de mimbre cubierta con una suave servilleta blanca y el dulce aroma del pan recién horneado se propagó hacia ellas. Tammy cogió un pequeño rollo de huevo y lo metió en su boca.

— Delicioso —, dijo, lamiendo sus dedos delicadamente —. No pudiste haber escogido un lugar mejor.

— Te dije que sería excelente —. Serena le guiñó el ojo —. Pero sólo recuerda la dieta que se supone debes estar haciendo. No hay aperitivos para ti.

Tammy gruñó —. Por favor. Ni me lo recuerdes —. Miró con nostalgia la cesta con las rodajas de pan en medio de la mesa y luego suspiró —. Tienes razón. Definitivamente no puedo permitirme recuperar las veinte libras que me maté por quitar.

Jan rió y se inclinó y le dio un apretón en su hombro —. Vas a estar bien, Tammy. Nos aseguraremos de que te mantengas en el buen camino. Para eso están las amigas.

Después de que aliviaron el hambre, se relajaron bebiendo té verde y café. No tenían prisa por volver a la Universidad. Después de todo, el día siguiente era sábado y podrían dormir hasta tarde. Estaban inmersas en una conversación cuando una sombra se observó sobre la mesa. Miraron hacia arriba. De pie frente a ellas estaba Chad Thornwell, el atleta de la universidad, un chico tan lleno y orgulloso de sí mismo que era raro que no se hubiese enamorado de... Chad Thornwell. Aunque quizás, ya lo había hecho.

— Hola, hermosa —, dijo, con los ojos fijos en Serena —, ¿Quieres que nos veamos antes de la graduación? — Y se quedó allí, con sus musculosos brazos doblados con una sonrisa hacia ella. Se veía tan presumido con su cabello corto y rubio con una franela de nylon azul que dejaba ver cada línea de los músculos de su pecho. El brillo en sus ojos y la mueca autocomplaciente de sus labios le decían a una chica todo lo que necesitaba saber. Este hombre pensaba que era un regalo especial de Dios para el género femenino. Punto.

Tammy y Jan, siempre admiradoras del semental universitario, miraron a Serena y rieron. Entonces comenzaron a alisarse el cabello para él, Jan enderezó su espalda para que se vieran sus pequeños senos dentro de su flojo suéter y Tammy frotó delicadamente sus labios con su servilleta mirándolo fijamente con grandes y venerables ojos.

Serena rodó sus ojos y miro hacia el otro lado. Chad la había estado persiguiendo todo el año... hasta la saciedad... sin importar que hubiese dormido con la mitad de las mujeres en el campo de la Universidad. ¿Qué parte de 'no' no entendía? ¿Qué le podía decir para deshacerse de él de una vez por todas? Entonces, como el susurro de un ángel sobre su hombro derecho... o más bien como el de un demonio en su hombro izquierdo... la inspiración llegó a ella. «Sólo pisotea su exagerado ego masculino, aquí y ahora, frente a su público. Critícalo cuando haya espectadores y se irá para siempre. »

Y luego él hizo lo impensable. En medio de sus pensamientos el tuvo la osadía de inclinarse y tratar de plantar un beso en su mejilla, su cara estuvo de repente tan cerca, con un jadeo, que ella se apartó bruscamente. Fue un descaro de su parte intentar eso. Y delante de todos.

Con los ojos muy abiertos, ella se apartó de él, entonces se agachó y agarró su cartera—. Espera un minuto —, le dijo, fingiendo un asombro estupefacto —. No me lo esperaba —. Y le dio una sonrisa confusa.

Rápidamente, rebuscó en su cartera y luego cuando sus dedos rodearon el objeto deseado asintió—. Listo. Lo encontré—. Y sacó un paquete de chicles de menta y los sostuvo en alto hacia Chad frente a sus amigos y todos lo que se habían girado a ver —. Llévate el paquete entero. Confía en mí, lo necesitas.

Serena nunca vio a un hombre retroceder tan rápido. Él se sacudió hacia atrás y cuando se enderezó, su cara estaba roja como un tomate. Sus labios se movieron como si quisiera decir algo mordaz pero no pudo encontrar las palabras por lo que sólo flexionó sus musculosos brazos y la miró. ¿Qué haría? ¿Golpearla? No podía ser tan estúpido.

Con un giro de su cabeza, Serena lo despidió. Volvió su atención hacia sus amigas que sonreían tímidamente, ignorando totalmente al hombre ceñudo que la miraba. Y luego, como si finalmente hubiera captado el mensaje, Chad se volteó y salió del restaurante, casi lanzándose sobre un mesero que llevaba una bandeja de comida.

—No puedo creerlo —, dijo Jan, riendo en voz alta una vez que él se había ido —. Puedes ser una bruja malvada algunas veces.

— A veces una chica tiene que hacer lo que una chica tiene que hacer —, dijo Serena, sin arrepentimientos —. No tengo tiempo para perderlo en coqueteos.

— Entonces, ¿cómo piensas encontrar un marido? —intervino Tammy.

— No te preocupes por ella —. Jan volteó sus ojos —. Así es como siempre ha sido. Fría. Sin tiempo para chicos.

— No soy fría —. Serena miró a su amiga. — Solo soy quisquillosa.

— Te vas a quedar soltera para siempre si no tienes cuidado —. Jan sonrió.

Serena estaba indiferente. Sonrió —. Nunca se sabe. Puedo encontrar al chico perfecto en París.

— Será genial —, dijo Tammy, mientras sus ojos marrones brillaban con emoción —. Sólo nosotras tres viajando por toda Europa. Tenemos que encontrar algunos bombones.

—Sí, bueno —, dijo Serena con su voz más presumida, mirando por encima de su nariz —, Voy a Europa por la cultura, no por los hombres.

—Sí, claro —. Jan sonrió.

Serena se rió y luego hizo señas al mesero sobre la cuenta —. Tienes razón. Tengo muchas ganas de hacer este viaje por más de una razón. Casi no puedo esperar.

CAPÍTULO DOS

Serena bajó la amplia escalera y después caminó rápidamente por el pasillo hacía la oficina de su padre. Todavía era muy temprano, pero le gustaba ir a montar a caballo cuando el rocío aún estaba en el pasto y el aire olía fresco debido a la noche. Su semental negro, Príncipe, estaría listo y esperándola, y ella le llevaría la habitual zanahoria en la mano. Él adoraba esas golosinas y ella disfrutaba cuando estiraba el cuello y relinchaba en agradecimiento.

Aunque esta mañana tenía que hacer una parada rápida. El ama de llaves le había informado que su padre quería verla antes de que ella saliera. Probablemente sería uno de sus habituales sermones sobre tener cuidado al montar, no estar mucho tiempo afuera y llevar su teléfono celular. Sacudió la cabeza y sonrió para sí misma. La trataba como si fuera un bebé.

A pesar de que caminaba rápidamente le llevó un largo rato llegar al gabinete de estudio de su padre. La casa de la familia era enorme, como una mansión. Serena siempre se había preguntado por qué su padre se aferraba a esa casa. Sólo eran ellos dos además de la servicio. Tenían un ama de llaves, un cocinero, un jardinero y un chófer sólo para ellos dos. No es que se quejara por el servicio. Pero la casa se veía como un desperdicio para sólo dos personas. Sin embargo, su padre había insistido en que era la casa que él compró para su madre e incluso después de que ella murió no podía soportar el pensar en deshacerse de ella.

Pero la verdadera razón de Serena para querer mudarse de la espléndida casa familiar era que quería estar más cerca de la ciudad, de toda la acción y sus amigos. Bridle Estates no era un buen lugar para vivir si querías salir de fiesta con tus amigos o ir de compras rápidas. Estaba demasiado lejos de todo. Le encantaba el hecho de que tenía un montón de espacio para cabalgar. Estaban entre acres y acres de terreno. Pero a veces deseaba tenerlo todo, el lujo y la conveniencia. Como el área Rosedale. Eso sería perfecto, un oasis de majestuosas casas en el corazón de la ciudad. Tenía que empezar a convencer a su padre, hacerle ver que mudarse era una idea sensata.

Aunque llevaba puestas las botas de montar, sus pies pisaban suavemente a lo largo de la lujosa alfombra. Tocó suavemente las puertas dobles de la oficina de su padre, después las abrió con un empujón y entró.

—Hola, papá — dijo alegremente, incluso antes de verlo —. Beth me dijo que querías verme.

Mientras entraba en la espaciosa oficina, la silla de cuero negro detrás del escritorio de su padre giró y vio el rostro sonriente de su padre —. Buenos días, Princesa —dijo con su voz áspera y profunda—. Te ves descansada esta mañana.

—Y tú te ves cansado —. Se dejó caer en la silla de cuero negro frente a él —. Te ves como si hubieras estado despierto toda la noche. ¿Has estado bebiendo?

—No —. Le sonrió indulgentemente—. He estado pensando. Mucho.

— ¿Sobre qué?

— Sobre ti.

Serena frunció el ceño mientras miraba a los amables ojos grises de su padre —. ¿Qué pasa conmigo? — Entonces su corazón se derritió de comprensión —. Oh, sé en lo que has estado pensando —. Se levantó de un salto de la silla y rodeó rápidamente el escritorio para poner los brazos alrededor de los hombros de su padre —. Sé que me extrañarás, papá, pero sólo serán unos meses. Puedes sobrevivir sin mí.

Su padre asintió y luego le dio una suave palmadita en la mano —. Eso es de lo que quiero hablarte, Princesa —. Tomó su mano y tiró de ella para que se girara y lo mirara —. Me temo que el viaje esté cancelado.

Serena se quedó boquiabierta. Soltó la mano del agarre de su padre de un tirón y dio un paso atrás rápidamente. Después apretó sus puños cerrados en sus caderas.

— ¿De qué estás hablando, papá? ¿Cómo puede cancelarse el viaje? He estado planeándolo todo el año.

—Lo sé —. Suspiró y cruzó las manos en su cintura —. Pero voy a tener que cambiar ese plan. Hay algo que quiero que hagas y que es mucho más importante que el viaje a Europa.

— ¿Qué puede ser más importante que mi viaje a Europa? Se supone que es la última parte de mi educación. El toque final, ¿lo recuerdas?

—Serena, escúchame un momento —. La voz de Richard era severa.

Serena contuvo la respiración. Su padre raramente le hablaba con ese tono de voz. Algo serio pasaba. Regresó a la silla que había desocupado y se sentó en el borde. Miró a su padre y su mirada casi siempre amable, ahora era penetrante y seria.

—Quiero que escuches muy cuidadosamente, Serena —. Apoyó las manos en su escritorio —. Te quiero muchísimo, pero tengo que admitir que he fallado como padre. Ahora quiero enmendar las cosas. Quiero estar seguro de que estás bien preparada para el mundo —. Se recostó en la silla, aflojó los brazos y puso una mano en sus ojos como si estuviera dolorido.

— ¿Estás bien, papá? —. Serena se levantó y se acercó con rapidez a su padre —. ¿Pasa algo malo?

—No, no —. Negó con la cabeza y dejó caer la mano. Su rostro parecía serio —. Estoy tan avergonzado por cómo he llevado tu crianza todos estos años. Le fallé a tu madre.

—Papá, ¿por qué dices estas cosas? Has sido el mejor padre del mundo. Me has dado todo lo que siempre he querido.

—Ahí yace el problema —. Se sentó erguido y le dirigió una mirada seria —. Serena, he hecho los arreglos para que trabajes en las Industrias Steele asistiendo al presidente y CEO, Roman Steele. Será una especie de período de prácticas para que puedas ganar un poco de experiencia en los negocios.

— ¿Qué? — Serena se paró de un salto de la silla y miró fijamente a su padre. ¿Había escuchado bien? — ¿Qué estás diciendo, papá? Se supone que estaré viajando todo el verano. ¿Cómo puedo estar en Europa y trabajar con el tal Roman al mismo tiempo?

— Ese es el tema. No irás a Europa. Comenzarás a trabajar a partir del lunes —.

Serena jadeó. — Eso es en menos de una semana —. Sacudió la cabeza, confundida — ¿Qué pasó para que me hagas esto? No lo entiendo.

— Es lo que he estado tratando de decirte, Serena. Debo prepararte para el mundo. No voy a estar contigo para siempre. Quiero saber que cuando me vaya de este mundo estés preparada para enfrentarlo sola.

—Pero no necesito cancelar mi viaje. Puedo hacer todo eso cuando regrese. Sólo voy a estar viajando por tres meses.

—Lo siento, Serena, pero no tienes elección en esto —. La voz de su padre era firme —. Es tiempo de imponerme. Te reportarás al trabajo el lunes y estarás en las Industrias Steele por los próximos seis meses. Ganarás tu propio dinero, aprenderás a hacer presupuestos y tu mesada se suspenderá hasta el final de tu período de prácticas.

Serena se sacudió hacia atrás, conmocionada hasta el silencio. Después sintió sus ojos llenarse de lágrimas. — ¿Cómo pudiste? ¿Qué he hecho para merecer esto? ¿Cómo voy a arreglármelas sin mi mesada? ¡No es justo!

— Es lo que se tenía que hacer. No puedo prepararte para el mundo consintiéndote. Ahora eres una mujer, Serena, no una niña. De ahora en adelante te trataré como tal.

Por un largo tiempo Serena sólo pudo devolverle la mirada, su consternación fue en aumento hasta que sintió que se pondría a llorar justo frente a su padre. Eso le había funcionado en el pasado pero de algún modo sabía que no le serviría ahora. Con un sollozo de frustración, se giró sobre sus talones y caminó indignada hacia la puerta. Cuando llegó ahí se giró y miró a Richard.

—Haré lo que dices porque no tengo opción pero nunca te perdonaré por esto —. Al decir eso se marchó, cerrando la puerta de un golpe al salir.

.. ⚬⟊⚬ ..

SERENA CABALGÓ DURO en el campo abierto. Sus ojos estaban estrechos y su respiración era fuerte mientras se inclinaba hacia adelante en la silla de montar, pero no era porque estuviera esforzándose. Era porque estaba furiosa. No podía creer que su padre la estaba obligando a cancelar su tan anhelado viaje. Incluso había amenazado con eliminarle la mesada. En toda su vida no podía recordar a su padre hablándole de ese modo. Y había dicho que era porque la amaba. ¿Y demostraba su amor obligándola a trabajar para uno de sus viejos compañeros de negocios?

Bueno, lo iba a hacer cambiar de opinión. Y sabía de un modo con el que podría hacerlo. Conseguiría un aliado.

En minutos tenía al caballo trotando por el camino de tierra que llevaba a la parte de atrás de la casa de su abuela. Tenía suerte de que su abuela vivía a sólo unos cuantos kilómetros, alguien que siempre tenía tiempo para ella y que escuchaba lo que tenía que decir. Si Serena estaba molesta por cualquier cosa, sabía que su abuela Sylvie estaría ahí para ella. Esta era una de esas ocasiones.

Aunque todavía no eran las ocho en punto, cuando Serena llamó a la puerta de la cocina, el olor de los huevos y chocolate caliente ya estaba flotando en el aire. En segundos la puerta se abrió y la abuela Sylvie se asomó sonriendo, con su cabello gris lleno de rulos.

— ¿Por qué tardaste tanto? — tomó la mano de Serena y la jaló a la cocina.

— ¿Cómo sabías que vendría? — Serena entró en la cocina luego le dio a la mujer un abrazo rápido —. ¿Eres vidente o algo parecido?

—No —. Los ojos de Sylvie parpadearon—. Llamó tu papá. Sabía que vendrías para acá después de la pequeña charla que tuvieron.

—Te lo contó, ¿cierto? — Serena sacó una silla y se sentó alrededor de la mesa de la cocina mientras Sylvie se agitaba haciendo lo que más le gustaba hacer.

Sylvie amaba cocinar, especialmente para personas que tenían problemas. A menudo le había dicho a Serena que era su manera de ayudar. Si acudías a ella a contarle tus problemas lo menos que podía hacer era hacer feliz a tu estómago. Ahora mismo estaba haciendo omelet de queso justo como le gustaba a Serena - con un montón de cebolla y pimientos verdes envueltos en el centro. Rápidamente deslizó el omelet en un plato y lo puso en la mesa. Sirvió dos vasos de jugo de naranja después sacó una silla y se puso cómoda al lado de su nieta.

—Entonces. Cuéntamelo todo —. Sylvie puso el codo en la mesa y apoyo la barbilla en su mano. Sus ojos verdes brillaron con interés —. Richard me dio su versión pero sé que estás lista para compartir la tuya.

—Él prácticamente me botó de la casa, abuela —. Serena estaba haciendo pucheros, pero no le importaba. Estaba muy molesta —. Me dijo que tenía que encontrar un empleo. ¿Puedes creerlo?

Sylvie rió entre dientes mientras mordía un pedazo de huevo —. Por supuesto que puedo. Acabas de terminar la universidad así que el siguiente paso sería usar esas habilidades en el ambiente laboral. ¿O entendí mal las cosas?

—Te estás olvidando de algo. Se suponía que estaría en Europa en un par de semanas — Serena cruzó los brazos y frunció el ceño —. Se suponía que era uno de mis regalos de graduación. Lo sabes. Ahora voy a tener que quedarme aquí y trabajar para algún vejestorio —. Sacudió la cabeza—. No entiendo por qué me haría esto.

—Lo entenderás —, dijo Sylvie mientras estiraba la mano y le daba una palmadita en el brazo a Serena—. Ahora come antes de que te desaparezcas. Estás muy delgada.

—Oh, abuela —. Serena se levantó y comenzó a caminar de un lado a otro—. No lo entiendes. Papá está tratando de arruinar mis planes y no sé por qué. ¿Por qué me odia?

Sylvie estalló en carcajadas —. Eres tan exagerada. Sabes que tu padre no te odia. Te ama. ¿No ves que por eso es que hace todo esto?

Serena frunció el ceño —. Esto no tiene nada que ver con quererme. Si lo hiciera me dejaría ir de viaje como lo planeé. Mis mejores amigas van a ir.

—Serena —la voz de Sylvie se volvió seria—. Siéntate y déjame hablar contigo.

Serena sabía cuándo obedecer. Regresó a su silla y esperó el sermón que venía.

—Y deja de jugar con tu tenedor —Sylvie le dio una palmada en la mano y Serena lo dejó en el plato —. Ahora, jovencita, es hora que bajes de las nubes —Sylvie le lanzó una mirada severa—. Tu padre... y yo... te hemos mimado demasiado. Eres una chica adorable y nadie puede negarlo. Pero también es cierto que tu papá siempre te ha dado todo lo que has querido, y yo también. Estoy de acuerdo con Richard. Ahora eres una mujer. No podemos seguir tratándote como una niña —. Se estiró y tomó las manos de Serena en las suyas—. Tienes mucho que aprender de la vida, Serena. Y recuerda, eres la única heredera de Richard. Todo lo que tu padre está tratando de hacer es prepararte para la vida. Debes entenderlo.

Sylvie puso su mano bajo la barbilla de Serena y la levantó para que sus ojos se encontraran —. ¿Me prometes que harás lo que tu padre pide? ¿Harías esto por mí?

Serena trató de apartar la mirada, pero la mirada de su abuela era tan intensa que se sintió paralizada. Cuando Sylvie dejó caer la mano, Serena soltó un suspiro de resignación y después asintió lentamente —. Está bien, lo haré —. Luego esbozó un puchero de rebeldía —. Pero si el viejo para el que voy a trabajar piensa que voy a ser su nueva sirvienta, mejor que lo piense de nuevo. Y espero que sea amable conmigo o deseará no haber conocido nunca a Serena Van Buren.

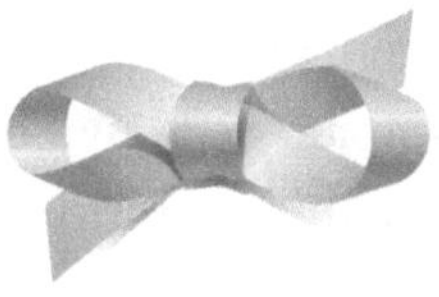

CAPÍTULO TRES

Mientras Serena conducía a lo largo de la calle Bay se perdió en sus pensamientos. Estaba en su camino a las Industrias Steele para su primer día de trabajo y no estaba ansiosa. De hecho, estaba ocupada pensando en las maneras de descarrilar los planes de su padre de convertirla en una 'mujer trabajadora'. Sí, le había prometido a su abuela que le daría una oportunidad, pero no había prometido que sería una empleada modelo. Tal vez podría conseguir ser despedida el primer día. Se mordió el labio, pensando un poco. ¿Pero era una buena idea? A partir de hoy ya no recibiría una mesada mensual y tendría que ganar su propio dinero. Y tenía que sobrevivir de esa manera durante los próximos seis meses. Se estremeció ante la idea. Nunca se había sentido tan atrapada en su vida.

Encontró el lugar con bastante facilidad y saliendo del camino, entró en el estacionamiento donde se deslizó en el último lugar vacío. El letrero decía reservado, pero en ese momento no tenía tiempo para ser exigente. Alargó la mano para coger su cartera Hermes y se deslizó fuera del SUV, ya que la delgada falda de su traje Chanel le hizo imposible dar un salto. Se puso sus gafas de sol, cerró la puerta y se dirigió rápidamente hacia la entrada principal, con sus tacones de aguja golpeando fuerte sobre el pavimento.

Serena entró en el vestíbulo y por un momento se quedó sorprendida por la grandiosidad de la entrada principal. El vestíbulo era enorme con un alto techo de catedral del cual colgaba una enorme lámpara de araña. Los azulejos de mármol negros en el piso brillaban y cuando bajó la mirada se vio a si misma reflejada. Las paredes estaban cubiertas del mismo mármol oscuro, pero estaban acentuadas con adornos dorados. El logotipo de la compañía en la pared y las manijas de todas las puertas eran de dorado. Tenía que admitir que el edificio era impresionante.

Se acercó al imponente escritorio de la recepcionista y, con su tono más formal, dijo a la mujer allí sentada —, Serena Van Buren, vengo a ver al Sr. Roman Steele.

—Buenos días —. La mujer le saludó con una inclinación de cabeza —. ¿Tienes una cita con el Sr. Steele?

—Sí —, dijo Serena rápidamente, demasiado avergonzada para decirle a la mujer que se estaba reportando para su primer día en el trabajo —. Él me espera.

— Llamaré a alguien para que la lleve —. Indicó a Serena que tomara asiento en una de las suaves sillas de cuero negro a un lado de la pared.

Había estaba sentada allí por menos de un minuto cuando una escultural mujer con cabello negro salió del ascensor y se acercó a ella. Estaba impecablemente vestida en un traje color vino y tacones a juego. Tenía el cuerpo y el andar de una modelo.

— ¿Srta. Van Buren? — La voz de la mujer era ronca, casi tan profunda como la de un hombre. Serena trató de ocultar su sorpresa detrás de una sonrisa brillante. Se puso de pie y tomó la mano tendida de la mujer.

—Sí, soy Serena Van Buren.

—Bienvenida —, dijo la mujer y luego soltó su mano —. Mi nombre es Theresa Lederman. Soy la asistente personal del Sr. Steele —. Sus cejas se fruncieron. — ¿Tuviste un problema para llegar aquí? Te estábamos esperando desde hace quince minutos —. La desaprobación era evidente en su tono.

Serena inmediatamente se erizó y se irguió en toda su estatura, no es que hiciera una gran diferencia ya que Theresa Lederman era unos cuatro o cinco centímetros más alta que ella. Le dio a la mujer una helada mirada —. No estoy acostumbrada a conducir en la calle Bay a estas horas de la mañana. No tenía ni idea de que el tráfico fuera tan pesado —. Entonces frunció el ceño, enfadada consigo misma por incluso responder. Nunca había tenido que explicar algo ante alguien antes. ¿Y quién era esta mujer para preguntar sobre su tardanza? No era más que una secretaria glorificada, después de todo.

La mujer la miró y asintió con la cabeza —. Bueno, este es tu primer día así que lo puedo entender. Pero tendrás que salir más temprano mañana. El Sr. Steele aplazó una reunión solo para reunirse contigo esta mañana y ya ha perdido quince minutos —. Ella le hizo señas a Serena hacia el ascensor —. Lamentablemente, él quería pasar por lo menos media hora contigo para ayudarte a empezar, pero ahora tendrá sólo unos pocos minutos.

—Yo... lo siento —, dijo Serena de mala gana, de repente, sintiéndose culpable por su anterior comportamiento. Iba a tener que comprobar su actitud. Dio un inaudible suspiro. Ser una empleada no iba a ser fácil.

En el décimo piso Theresa marcó un código y las puertas de vidrio se abrieron automáticamente. Entraron en otro hermoso vestíbulo, una versión más pequeña y más íntima del de abajo.

Caminó por el pasillo y se detuvo frente a una puerta y llamó. Serena no oyó nada, pero al parecer la mujer sí porque abrió la puerta y luego se apartó a un lado permitiéndole entrar —. La Srta. Van Buren—, fue todo lo que dijo a modo de presentación y entonces cuando Serena entró en la habitación Theresa cerró la puerta detrás de ella.

Caminando vacilante hacia el centro de la habitación, Serena miró alrededor de la extensa oficina, impresionada por la elegancia de su decoración y el amplio ventanal con una impresionante vista de la ciudad. Un rápido examen reveló que el tan largamente esperado Roman Steele, el hombre que en adelante controlaría ocho horas de cada uno de sus días de la semana, no estaba a la vista.

«Bueno, ¿y ahora qué? ¿Quedarme aquí como una idiota o dejarme caer con despreocupación en una de las sillas y esperar? ¿Dónde diablos estaba él, de todas formas? »

A modo de respuesta oyó el crujido de un papel y luego una voz profunda detrás de ella —. Bienvenida, Señorita Van Buren.

Serena saltó. Se giró hacia la voz y luego observó con los ojos muy abiertos debido a la sorpresa al hombre sorprendentemente hermoso que llenaba su visión. Alto y con anchos hombros, se alzaba sobre sus cinco pies y tres pulgadas en un inmaculado traje del color de la medianoche. El cabello negro como la tinta enmarcaba un rostro bronceado y fuerte que hablaba de solidez, poder y orgullo. Unos ojos del color de diamantes negros se clavaron en ella, haciéndola sonrojar bajo su intenso escrutinio. Cuando sus firmes labios se curvaron en lo que sólo podría ser diversión, ella bajó la mirada y sus ojos buscaron refugio en el vivo carmesí de su corbata.

Había estado mirándolo como un ciervo alumbrado por faros, pero no podía evitarlo. Roman Steele era tan escandalosamente diferente al hombre calvo de mediana edad que esperaba encontrar. ¿Quién podría pensar que él luciría como si perteneciera a la portada de GQ? Y ¿por qué en nombre del cielo estaba su corazón desbocado como si acabara de hacer una carrera de cien metros?

Serena tomó una respiración rápida, tratando desesperadamente de estabilizar su pulso. Levantó su rostro otra vez —. ¿De dónde viene? — Preguntó ella, y entonces se maldijo por sonar tan sin aliento.

Él arqueó una ceja y luego le dio una sonrisa torcida agitando su mano en dirección a una puerta que estaba entreabierta —. Estaba sacando un archivo de la bóveda —. Parecía divertido por haberla tomado por sorpresa —. Por favor. Toma asiento—. Le señaló una silla y luego fue a sentarse detrás de su enorme escritorio de profundo caoba. —Me alegro que finalmente te unas a nosotros.

Serena sintió su rostro enrojecer ante su tono sardónico. —Me quedé atrapada en el tráfico —, comenzó a decir y entonces se mordió el labio, dándose cuenta de la facilidad con la que el hombre la había intimidado.

Tenía planeado entrar en esta oficina y, superar cualquier intimidación o encanto, para poder salir de esa situación. Había planeado tener a su nuevo empleador de su lado, hacerlo hablar con su padre, razonar con él sobre lo innecesaria que era la pasantía. Pero podía ver que la intimidación no iba a funcionar aquí. Este hombre era demasiado audaz, demasiado seguro de sí mismo... y tan condenadamente guapo. Lo que era un riesgo, ya que ahora tendría que probar su encanto.

Lo miró con los ojos muy abiertos —. Siento haber llegado tarde esta mañana, realmente traté de llegar a tiempo. No... — Hizo una pausa, bajó sus pestañas y se miró las manos —. No volverá a pasar —, dijo en un suave susurro.

A través de sus pestañas espió a Roman y vio que estaba sorprendido por su respuesta. Tuvo que morderse el labio para no sonreír en satisfacción. Entonces los ojos de él se estrecharon y rápidamente bajó la mirada. No podía permitir que él descubriera a la verdadera Serena. Todavía no, de todos modos. No si su plan iba a funcionar.

—Bien. Apreciaré tu puntualidad en el futuro —. La voz de Roman era firme. Serena le devolvió la mirada, frunciendo el ceño ligeramente. No esperaba esto. Normalmente, tan pronto como comenzaba a jugar a la 'doncella indefensa' todos los hombres saltaban para protegerla y proteger sus sentimientos. Esperaba que Roman le dijera que estaba bien, que no tenía que preocuparse por llegar tarde. Así que el encanto no funcionaba con él. Todavía no, de todas formas. No iba a darse por vencida.

—Quería darte una adecuada introducción en las Industrias Steele, informarte sobre lo que hacemos aquí y lo que se espera que hagas en tu nueva posición. Eso no será posible ya que estamos teniendo esta conversación veinte minutos más tarde de lo previsto—. Él la miró con severidad.

Ella lo fulminó con la mirada, incapaz de contenerse. Su plan para encantar a este hombre parecía inútil. Él era demasiado prepotente. Podía sentir su rostro enrojecerse nuevamente, pero esta vez no era de vergüenza. Estaba demasiado enojada para sentirse avergonzada. El hombre frunció el ceño hacia ella como si fuera una niña caprichosa.

—De acuerdo a lo que su asistente me dijo todavía tiene unos diez minutos antes de su próxima reunión. ¿No tendría sentido hacer uso de esos minutos? — le dio su altiva mirada de Serena Van Buren, la que utilizaba para aplastar a más de un hombre que había buscado su atención.

Roman estrechó sus ojos. Parecía un poco impresionado —. Te agradecería que recordaras tu posición aquí.

— ¿Y cuál es, exactamente, esa posición, Sr. Steele? —, dijo desafiándolo —. Si se da cuenta, todavía no me ha dicho que es lo que se supone que estoy haciendo aquí.

—Como estoy seguro de que tu padre ya te dijo, trabajarás estrechamente conmigo. Serás mi Coordinadora de Proyectos Especiales, ayudándome en el lanzamiento de una nueva línea de productos para el cuidado del cabello. Estarás involucrada en todos los aspectos de la puesta en marcha, desarrollo de los productos, investigación de consumidores, mercadeo, ventas y finanzas.

Serena se quedó en silencio por un momento, absorbiéndolo todo. Luego dijo lentamente —: Mi padre nunca me dijo nada de esto. Parece que su plan es hacerme trabajar hasta el cansancio.

— El empleo requerirá que trabajes en varios departamentos. Esto es lo que la gente hace, Señorita Van Buren. Trabajan por una remuneración —. La voz de Roman fue implacable —. Espero que soportes tu peso aquí como todo el mundo.

Serena se erizó ante su tono —. Sr. Steele, quiero que entienda algo. No necesito estar aquí. Estoy aquí simplemente para complacer a mi papá así que si cree que voy a dejarle...

—Como mi empleada, vas a hacer lo que yo te instruya
—, dijo fríamente —. Quizás pensaste que venías aquí de
vacaciones, pero estás aquí para trabajar. Y no nos engañemos,
cumplirás.

— ¿Y si no?

— Entonces prepárate para afrontar las consecuencias.

CAPÍTULO CUATRO

—Hola —. La voz de Serena era ronca por el sueño. Se frotó los ojos y miró al radio-reloj de su mesita de noche. Seis en punto. Ahora, ¿quién en el mundo podría estar llamándola a esta hora?

—Despierta, dormilona—. La voz estridente de Tammy era discordante.

Serena alejó el auricular de su oído y lo miró. Podía oír las risitas de Tammy a lo lejos y no era divertido. Todavía estaba frunciendo el ceño mientras se ponía el auricular en su oído.

—Tammy, ¿por qué me estás llamando tan temprano? Más vale que sea importante —. Suspiró y sacudió la cabeza —. Aunque tengo la sensación de que no lo es.

—Tengo a Jan en el teléfono, también, —dijo Tammy alegremente, ignorando totalmente el molesto tono de Serena. —Estamos haciendo una llamada entre tres así podemos darte la buena noticia juntas.

Serena bostezó y se desperezó complacientemente bajo la sabana —. ¿Qué buena noticia?

—Tammy y yo nos vamos a París la próxima semana —. La voz de Jan estaba sin aliento.

— ¿Qué? ¿Todavía van? ¿Sin mí? Se suponía que íbamos a hacerlo como un grupo, como amigas —. Serena se sentó en la cama, completamente despierta y molesta por el giro de los acontecimientos. Había estado planeando este viaje con

Tammy y Jan todo el año y ahora ellas estaban planeando hacerlo sin ella.

— Pero Serena, no estarás libre durante meses. Estarás atrapada en esa cosa del trabajo que estás haciendo y nosotras queremos ir —. Tammy no pudo ocultar la impaciencia en su voz.

— Conseguimos otra chica para unirse con nosotras —, intervino Jan —. ¿Recuerdas a Kelly Snow? Le conté sobre el viaje y está loca por la idea. Tú sabes que necesitamos una tercera persona para dividir los costos del hotel.

— Se supone que yo era la tercera persona que les ayudaría —, dijo Serena amargamente —. Y ahora lo único que hacen es apuñalarme por la espalda.

— No es necesario ser desagradable —, la regañó Jan —. No estás disponible en este momento y nosotras queremos ir. Cuando volvamos, podemos hacer muchas cosas juntas, pero esta podría ser nuestra última oportunidad de cumplir nuestro sueño de explorar Europa. Tú puedes ir en cualquier momento que desees. Todo lo que tienes que hacer es pedírselo a tu papá. Pero Tammy y yo tenemos que aprovechar esta oportunidad mientras podamos.

— Lo sé —, dijo Serena suavemente—Y lo siento. Es sólo que yo tenía muchas ganas de hacerlo con ustedes. Si voy por mi cuenta no será nada divertido. Sólo pensé que ustedes me esperarían.

— Sabes que lo haríamos si pudiéramos —, dijo Jan tiernamente —. Te lo compensaremos, Serena. Lo prometemos.

— Sólo da lo mejor de ti en ese trabajo y tal vez tu papá estará tan impresionado, que te dará un mejor regalo que un viaje a Europa —. La voz de Tammy era más suave y un poco menos estridente de lo habitual, mientras trataba de consolar su amiga.

—Sí, ese trabajo—, dijo Serena con un suspiro —. Es sólo mi segundo día y ya lo odio. La asistente personal es una mandona y mi jefe... bueno, digamos que él no es definitivamente lo que me esperaba.

— Apuesto que tiene una panza y una cabeza calva y te mira con ojos saltones a través de la mesa —. Tammy empezó a reír de nuevo.

—No exactamente —, dijo Serena lentamente, aunque de repente no quiso compartir todo con sus amigas. Se había jactado mucho acerca de cómo manipularía al viejo cascarrabias. Roman Steele definitivamente no era un viejo cascarrabias y manipularlo sería probablemente tan fácil como envolver acero caliente en su dedo.

La voz de Jan irrumpió en sus pensamientos —. Simplemente hazles saber que eres una Van Buren. Una vez que fijes en ellos esa mirada fría se marchitarán.

—Está bien, chicas, tengo que irme ahora —. Serena cortó antes de que Jan pudiera decir más —. Tengo que prepararme para el trabajo.

— ¿No suena eso raro? — Una risita siguió la pregunta de Tammy —. No te había oído nunca decir algo así.

—Vamos, Tammy —, dijo Jan, sonando molesta. Luego dijo en una voz calmada y casi arrepentida —, Lo entendemos, Serena. Te dejaremos. Llamaré más tarde, ¿de acuerdo?

—Está bien —. Esperaba que no escucharan el sollozo en su voz.

Serena colgó el teléfono y por los siguientes minutos sólo se quedó allí, mirando la pared mientras los pensamientos inundaban su cabeza. Irían a Europa sin ella. Mientras ellas iban a recorrer museos famosos, conocer encantadores franceses y guapos italianos, ella estaría trabajando como esclava en una aburrida oficina.

Sacudió su cabeza, disipando el terrible pensamiento y se deslizó fuera de la cama para dirigirse al cuarto de baño sintiéndose sola y abandonada. Sus amigas la habían traicionado y se dirigían a divertirse sin ella, con la aburrida Kelly Snow para colmo. Su padre le había enviado fuera de la casa, cortando su mesada y poniéndola en este apartamento en la ciudad. Claro que era un bonito apartamento pero no estaba en casa y extrañaba sus perros y sus caballos. Su padre había resultado ser un cruel, pero muy cruel hombre. Lo que era peor es que su abuela que la había defendido siempre ahora parecía estar del lado de él. Simplemente no podía entender por qué sus amigos, su familia, todo el mundo se había vuelto en su contra. No era justo.

Entonces, mientras miraba su enojado rostro en el espejo del baño, su mente se escurrió de nuevo a Roman Steele. El magnífico y espectacular Roman Steele. Tenía que admitir que era uno de los hombres más atractivos que había visto en su vida, con esos profundos ojos oscuros y el brillante cabello negro que se rizaba sensualmente en su nuca. Con esa piel oliva y su fuerte y cuadrada mandíbula, podría competir perfectamente con cualquier italiano. El hombre rebosaba atractivo sexual.

Pero también era un hombre serio. Lo había visto muy claramente el primer día. Él no era de los que les gustaba jugar.

Pero aun así, ella no podía simplemente inclinar su cabeza y jugar a ser la mansa y apacible asistente como él probablemente quería. De ninguna manera. Definitivamente no era su estilo.

Echó un vistazo al reloj de la pared. ¿Un cuarto para las siete ya? ¿Había estado soñando por tanto tiempo? Comenzó a desnudarse. Si quería llegar a la oficina a tiempo tendría que correr por los próximos cuarenta y cinco minutos. Hoy no estaba de humor para ser reprendida por Roman Steele.

¿O lo estaba? Serena levantó su rostro al espejo nuevamente y esta vez se reflejó una mirada pícara. ¿Quería ser una chica buena o quería ser despedida? Ser buena o ser mala, era la interrogante. Y ella tenía la respuesta.

Hoy haría que Roman Steele estuviera tan enojado que estaría feliz de verla partir. Al infierno el salario. Hoy era el día en que iba a ser despedida.

CAPÍTULO CINCO

Después de una parada de dos horas en Holt Renfrew donde pasó largo tiempo en el departamento de cosméticos y consiguió una sesión de maquillaje gratis, Serena aparcó en el estacionamiento de Industrias Steele exactamente a las 11:14 a.m. Mientras hacía a un lado las bolsas de compras y tomaba su cartera, su corazón se aceleró y sus palmas comenzaron a sudar. Ya había llegado el momento decisivo que había estado esperando.

Se registró en la recepción y luego subió en el elevador al sexto piso donde se encaminó directamente al cubículo al que había sido asignada. Dejó caer su bolso y su celular sobre el escritorio, se deslizó en su silla y exhaló un suspiro de alivio. Por ahora todo bien. Sabía que una bomba estaba a punto de caer pero no todavía. Cuando lo hiciera, quería estar lista.

Serena bajó el cierre de su bolso y buscó su labial y su polvo compacto. Necesitaba darse fuerzas para la batalla que se avecinaba. No había nada como verse lo mejor posible para aumentar la confianza. Le dio la vuelta al polvo compacto para abrirlo y se estaba mirando en el pequeño espejo, delineando sus labios con rojo carmín, cuando sintió unos ojos sobre ella. Se dio la vuelta rápidamente y se encontró a sí misma viendo fijamente a los centelleantes ojos oscuros de Theresa Lederman.

Cerrando de un golpe el maquillaje, Serena elevó el rostro hacia la mujer y le lanzó una mirada llena de desafío. Por un momento ninguna de las dos habló. Theresa estaba obviamente tratando de intimidarla pero eso no iba a pasar. ¿Qué? ¿Creía que su mirada glacial podría intimidar a una Van Buren? Tendría una larga espera.

Finalmente, la mujer habló —. El Sr. Steele preguntó por ti hace más dos horas.

Serena levantó una ceja. — ¿Cómo? —no ofreció una disculpa.

— Tenía una junta con la agencia de publicidad esta mañana. Quería que participaras —. Cuando Serena sólo se le quedó viendo de regreso, Theresa frunció los labios, evidentemente incómoda por su falta de reacción ante el anuncio —. Me pidió que te llevara a verlo tan pronto como llegaras.

—No hay problema —, dijo Serena con su tono de voz ligero mientras se levantaba para encarar a Theresa. Poco sospechaba la mujer que por dentro estaba temblando —. Vamos.

Theresa pareció sorprendida por su descaro pero se mordió la lengua, giró sobre sus talones y se dirigió hacia el elevador. Serena la siguió a cierta distancia, no deseando parecer una niña caprichosa siendo escoltada a la oficina del director. Sentía el peso en su espalda de los ojos curiosos de los cubículos cercanos pero mantuvo la cabeza alta, rehusándose a mirar a la derecha o a la izquierda. No deseaba ninguna distracción. Necesitaba estar alerta para enfrentar la inminente ira de Roman Steele.

Las dos mujeres subieron al elevador en silencio. En el décimo piso, Theresa caminó a zancadas por el pasillo, tocó la puerta de gruesa madera de roble y, al igual que el día anterior, la abrió y entró. En su rostro estaba una mirada de algo cercano a la... ¿compasión?

Serena parpadeó. Eso no tenía sentido. La mujer no tenía motivo para sentir pena por ella. Pero entonces la puerta se cerró detrás de ella y no había más tiempo para pensar en ello, no más tiempo para prepararse. Había sido lanzada al interior del cuarto con el león.

Los ojos de Serena se dispararon hacia el escritorio de Roman y ahí estaba sentado, con el rostro rígido, los oscuros ojos centelleando una ira que claramente podía sentir a través de la habitación. Se quedó quieta, con el corazón martilleando de inquietud. Sus dedos se curvaron en puños mientras luchaba por calmar sus nervios. «Vamos, Serena, ¿qué es lo peor que puede hacerte? Definitivamente no puede matarte.» Aun así, no se movió, y optó por permanecer cerca de la puerta... sólo por si acaso.

Seguía pensando su próximo movimiento cuando, en un fluido movimiento, Roman se levantó de detrás del escritorio y comenzó a caminar hacia ella.

Serena soltó un grito ahogado y dio un involuntario paso hacia atrás. Cuando su trasero golpeó la puerta se dio cuenta que no había lugar a donde ir, donde esconderse. ¿En qué se había metido?

Pero entonces, para su alivio, él se detuvo frente al escritorio y corrió una silla. — ¿Vas a quedarte parada todo el día, Srta. Van Buren? —, tendió la mano, dirigiendo su mirada hacia la silla vacía—. Toma asiento —. Entonces sin ni siquiera mirar otra vez en su dirección rodeó el escritorio y se volvió a sentar.

Serena expulsó el aliento. El hombre no iba por ella, simplemente le estaba ofreciendo una silla. ¿En qué estaba pensando? Había estado tan alerta, esperando su furia, que había imaginado su ira. Su repentino miedo había sido infundado. Todavía no estaba fuera de peligro. Sería una estúpida por pensarlo. Pero al menos parecía que estaría calmado y sereno por lo que pasó.

Antes de que pudiera perder el coraje, Serena se acercó a la silla y se sentó en el borde, las manos cerradas firmemente en su regazo. «Está bien, Roman Steele. Adelante, estoy lista para ti. » Se estaba preparando a sí misma para la pelea que sabía que venía.

Él no se desvió. Cruzando los brazos en su amplio pecho se le quedó mirando fijamente con frialdad. — ¿Así que cuál es tu excusa hoy? ¿Mucho tráfico en el camino?

Serena se encogió de hombros de un modo tan casual como podía mostrar —. No. Simplemente no quería llegar temprano hoy.

Roman se le quedó viendo en estupefacto silencio. Entonces sus cejas cayeron y la fulminó con la mirada —. Parece que entendiste mal tu posición aquí. Como empleada de esta compañía es tu responsabilidad llegar al trabajo a tiempo...

— ¿Y qué hace con los empleados que no siguen las reglas? — Lo interrumpió Serena antes de que pudiera lanzarse en el sermón que sabía que venía—. Los despide, ¿cierto? Bueno, le sugeriría que me diera mi renuncia porque ambos sabemos que esto no va a resultar.

— Así que es eso. Estás buscando que te despida. Bueno, no te hagas ilusiones. No va a pasar.

La conmoción por su respuesta hizo que Serena se pusiera de pie de un salto —. ¿Qué? ¿Qué quiere decir con que no va a pasar? Tiene que despedirme.

Los labios de Roman se curvaron en una sonrisa sarcástica —. ¿En serio? Lamento decepcionarte pero te quedarás aquí conmigo. Te irás en seis meses, ni un día antes.

— No me puede hacer esto —, la voz de Serena se rompió por la frustración —. Nunca encajaré aquí. Nunca haré lo que quiere. Debe despedirme. Ahora.

Roman se inclinó hacia delante en su silla, su rostro tan duro como una roca —. Nunca.

Serena jadeó. ¿A qué estaba jugando este hombre? ¿Por qué no entendía? —No quiero estar aquí y usted no me quiere aquí. ¿Por qué no me despide? Sabe que quiere hacerlo, entonces ¿qué lo detiene?

Las fosas nasales de Roman se ensancharon —. No sabes lo que quiero hacer ahora.

— Claro que lo sé —, replicó Serena —. Quiere regodearse en su perverso placer de torturarme. Sabe que no puedo renunciar debido a las condiciones de mi padre. El único modo en el que puedo salir de esto es que usted me despida. Así que ¿por qué no sólo lo hace? ¿Quiere que suplique? ¿Es eso lo que quiere?

—No sabes lo que quiero —, dijo a través de sus dientes apretados y su ceño fruncido tan lúgubre como la noche.

—Sí lo sé, sádico. Quiere hacerme sufrir —. Serena soltó un grito ahogado cuando Roman se paró y en dos zancadas estuvo justo frente a ella, su gran complexión elevándose sobre ella —. ¿Qué...?

— Esto es lo que quiero. Lo he querido desde la primera vez que puse mis ojos en ti —, su brazo se enredó alrededor de su cintura y jaló su cuerpo hacia el suyo, tan cerca que podía sentir los poderosos músculos de sus piernas cubiertas por el traje y las duras ondas de su pecho a través de la camisa de algodón. Su otra mano acunó su cabeza mientras la acercaba más, elevando su rostro hacia el suyo, obligándola a ponerse de puntillas.

Ella alzó las manos, aferrándose a sus amplios hombros para mantener el equilibrio, y él presionó sus firmes labios en los jadeantes labios de ella, tomando el control por completo, besándola hasta que se derritió en su abrazo. Mientras su lengua la exploraba, ella respondió voluntariamente, ansiosamente, deseando eso también, más que nada en el mundo. ¿Sabía él que ella deseaba su beso desde el mismo día en que se conocieron? ¿Había visto el deseo en sus ojos? No pensaría en nada de eso. Por el momento borraría todo de su mente y se deleitaría con su beso.

Demasiado pronto él levantó la cabeza, retirando sus labios de los suyos, dejándola jadeante. Lentamente, él retiró su brazo y la puso en pie de nuevo.

Todavía sintiendo como si estuviera flotando en el aire, Serena abrió los ojos y alzó la vista para ver el rostro de Roman. Lo que vio ahí la hizo dar un paso atrás con consternación. El ceño fruncido en su rostro era incluso más sombrío que antes. ¿Estaba completamente impasible por el beso?

Roman sujetó sus antebrazos y la alejó de él —. Te sugiero que dejes mi oficina ahora — dijo, con su voz en un severo gruñido—, o si no, no seré responsable de mis actos —entonces, con una mirada de repulsión la soltó y volvió a su escritorio.

Serena no espero ver lo que él haría después. Dolida por el golpe de su rechazo se dio la vuelta y caminó hacia la puerta. Cuando salió, la cerró con un golpe brusco. Estaba furiosa. Avergonzada. Estaba... no sabía cómo estaba. Nunca se había sentido tan humillada en su vida. ¿Así que ella le repugnaba, cierto? ¿Y sin embargo se rehusaba a liberarla de su esclavitud? Bien, ya se encargaría ella de eso.

. . ⁂ . .

ROMAN SE DEJÓ CAER en su silla y soltó el aliento en un silbido. Sacudió la cabeza, apenas creyendo lo que acababa de pasar. ¿Qué demonios había hecho? Serena Van Buren era empleada, por Dios Santo. Llevaba trabajando dos días. La hija de su socio, una chica que estaba bajo su cuidado. ¿Y qué es lo que hizo? Un buen trabajo de pervertido, aprovechándose de la chica justo ahí en el medio de su oficina. Por Dios, ¿en qué estaba pensando? Estaba tan asqueado consigo mismo que no podía estar quieto. Se levantó y comenzó a caminar de un lado a otro del despacho.

¿En qué se había metido, ofreciéndose a guiar y capacitar a Serena Van Buren por seis meses? No podía siquiera mantener las manos alejadas de ella. ¡Maldición! Tenía un gran problema.

Fue en momentos como estos, que recurrió a sus amigos de sus días universitarios. La Hermandad Multimillonaria, llamaba a sí mismos, e incluso ahora, años después, seguía siendo el título de su equipo de amigos. Ahora, independientemente del hecho de que sus problemas no tenían nada que ver con los negocios, estaba listo para llegar a uno que sabía que tendría un buen consejo en lo que respecta a una mujer.

Agarró su teléfono y fue directamente a su lista de contactos. Pierce recogió al segundo anillo.

"¿Qué pasa, hijo?"

Roman sonrió. Aunque Pierce era al menos cuatro años menor que él, su amigo siempre lo saludaba de esa manera.

"En el ritmo, como de costumbre", le dijo, luego le informó sobre un negocio sobre el que había preguntado, la última vez que se habían visto en el campo de golf. "Pero no es por eso que te llamé", dijo Roman. "Cuando se trata de leer a las mujeres, tú eres el hombre. Necesito rebotar algo de ti, hermano".

¿"Tienes problemas de mujer?"

"No exactamente. Más como una situación".

¿" Venir de nuevo?" La confusión de Pierce era obvia.

¿" Recuerdas a Richard Van Buren de Allied Industries? Entre otra s compañías, debería decir".

¿" Cómo podría olvidarlo? Todos le debemos mucho a ese hombre".

"No lo sé". Roman hizo una mueca. "Su hija acaba de empezar a trabajar para mí".

"Genial."

"No, no es genial. La besé hoy".

Hubo una fuerte ingesta de aliento. "¿Hiciste qué?"

"Me escuchaste".

"Pero acabas de decir que ella trabaja para ti".

"Ahí radica mi situación".

Por un momento, hubo silencio, como si Pierce estuviera pensando. Luego, habló: "Una situación, de hecho".

No era lo que Roman quería oír. "Entonces, ¿qué piensas? Es la hija de nuestro antiguo mentor. ¿Totalmente fuera de límites? ¿Qué dices?"

"Chico, Roman, eso es difícil. Por un lado, quieres respetar al hombre que ha hecho tanto, pero por otro lado, si realmente te gusta, ¿cómo puedes negarle a tu corazón su deseo más profundo? Esta puede ser tu esposa futura".

Eso hizo reír a Roman. "Has ido bastante lejos, bastante rápido".

"Tengo que. No estás volviendo más joven. ¿Cuántos años tienes ahora? ¿Cuarenta y cinco?"

Roman se echó a reír. Definitivamente estás moviendo demasiado rápido. Tengo treinta y cinco años, y lo sabes".

Pierce se echó a reír. "Sí, lo sé. Pero me pediste consejo sobre las damas, así que fue un pinchazo para despertarte. Si tomas en serio a la dama, hija de nuestro mentor o no, empleada o no, sella el trato antes de que alguien más dé un paso al frente. Es decir, si hablas en serio..."

"Entiendo."

Poco después de colgar, Roman se sentó golpeando su bolígrafo en el escritorio, un plan que se estaba formando en su mente. Un hombre tenía que hacer lo que un hombre tenía que hacer.

CAPÍTULO SEIS

Pasó casi una semana desde el incidente en la oficina de Roman y Serena estaba finalmente superando el impacto de su beso. Gracias a Dios, él se había ido a California al día siguiente y así no tuvo que enfrentarse a él nuevamente. Después del beso se sintió avergonzada y algo desconcertada. El hombre prácticamente la había lanzado fuera de su oficina. No podía entender su reacción después de lo que pensaba había sido un apasionado y estremecedor beso. Había pasado días reviviendo cada momento de ese beso y su corazón seguía acelerándose y su respiración se atrapaba en su garganta. Había sido absolutamente mágico.

Hoy, sin embargo, tendría que poner sus emociones bajo control. Roman tenía previsto estar de vuelta en la oficina esta mañana y, por mucho que ella pensara que no estaba lista para verlo otra vez, sabía que la reunión era inevitable. ¿Cómo iba a manejar su primer encuentro después de ese beso? Tal vez para él, eso no significaba nada, pero prácticamente había arruinado sus defensas. Este era el primer hombre que alguna vez había conocido que había derribado sus barreras con sólo un golpe.

El reloj de su escritorio marcaba las nueve y treinta cuando alguien llamo a su puerta y Theresa entró en la habitación —. El Sr. Steele te necesita en su oficina. Asegúrate de llevar tu libreta—. Ella era formal, como de costumbre, pero esta vez había más de un borde en la voz de la mujer.

— ¿Es algo malo?

—No, nada. Sólo ve a la oficina del Sr. Steele inmediatamente —. Sin otra palabra se giró y salió de la habitación.

Serena levantó sus cejas, sorprendida por la brevedad de Theresa, y se hundió en su silla. Los latidos de su corazón se habían acelerado ante el anuncio y tomó un par de respiraciones profundas para calmar sus nervios —. Bueno, aquí vamos — murmuró y agarró su bolígrafo y su libreta.

Cuando Serena entró en la oficina, Roman estaba sentado en su escritorio con una botella de lo que parecía ser champú y un pequeño recipiente dorado, que ella adivinó, contenía crema para la cara.

—Toma asiento, Señorita Van Buren —. Su voz sonaba bastante agradable, pero su mirada era intensa. Ella se deslizó en la silla delante de él y mantuvo la mirada baja.

Por un momento hubo silencio, luego Roman habló en voz baja —. Serena, mírame.

Sorprendida por su cambio de tono, levantó la cabeza y lo miró a los ojos. Ella se sorprendió por lo que vio allí. En realidad, él parecía avergonzado.

—Serena—, dijo —. Te debo una disculpa.

Serena contuvo la respiración y lo miró, incrédula. ¿Roman estaba disculpándose con ella? Parecía el tipo de hombre que no se disculpaba con nadie. Ahora que estaba viendo un nuevo lado de él, la confundió aún más. ¿Estaba disculpándose por el beso o por sacarla prácticamente a patadas de su oficina?

—Me comporté indebidamente y lo siento. Te aseguro que no volverá a suceder.

« Nunca volverá a suceder. Nunca volverá a suceder ». Las palabras resonaban en su cabeza y por alguna razón su ánimo se hundió. ¿Nunca sucederá otra vez? Querido Dios, ella quería que sucediera de nuevo. Más que nada.

Tragando su decepción Serena volvió a mirar a Roman y le dio una pequeña sonrisa, aceptando su disculpa con un gesto rápido.

—Por las próximas semanas estarás trabajando estrechamente con equipo de mercadeo —, dijo con su voz profesional e indiferente. — Me aseguraré de que participes en las reuniones que sean pertinentes. Lo que quiero es que al final de tu tiempo en las Industrias Steele tengas un buen manejo en la gestión de proyectos, marketing y promociones. Por hoy, sin embargo, te sentarás conmigo en una reunión con la agencia de publicidad.

Se inclinó hacia adelante y colocó la botella y el frasco delante de ella. —Estos son los dos productos de la línea Encantada que vamos a lanzar el próximo trimestre. Quiero que participes en todos los aspectos de la puesta en marcha, comenzando con esta reunión. Los ejecutivos de publicidad estarán aquí en unos diez minutos, así que te voy a dar una rápida sesión informativa para prepararte.

Roman habló rápidamente, llenándola con la información de la investigación del consumidor que se había hecho y por qué la empresa pensaba que la línea tenía un gran potencial. Serena garabateaba febrilmente, tratando de seguir el ritmo, y se sintió aliviada cuando por fin le dijo que era hora de dirigirse a la sala principal de conferencias.

Los ejecutivos de la agencia llegaron momentos después y tan pronto como Roman le presentó a Martha Foxworth y

Herman Moore comenzó la reunión. Martha expuso guiones gráficos de comerciales de televisión con la primera de ellas presentando a una mujer lavándose con champú, luego secando su cabello y un hombre entrando y deslizando sus dedos sensualmente a través de los largos cabellos castaños. En el segundo guión gráfico una mujer aplicaba crema Encantada en una cara arrugada, seguida de una foto de las patas de gallo al lado de los ojos. La siguiente fotografía mostraba un primer plano del mismo ojo, pero esta vez la piel estaba más lisa y más suave. El lema de este comercial era 'Tu rostro nunca se vio tan bien'.

El último conjunto que Martha presentó era un anuncio impreso con la crema facial hidratante. La modelo era una hermosa mujer de pelo oscuro, que parecía estar en sus treinta tantos, y sostenía a una niña en un estrecho abrazo. La niña tenía su mano en la mejilla de la mujer, como si acariciándola, y el lema del producto era, 'Me encanta tu cara de bebé.'

Después de la presentación inicial, Martha revisó cada campaña en detalle, dando a Roman y a Serena la oportunidad de entender el razonamiento detrás de cada uno y solicitando su entrada. Serena estaba impresionada por el conocimiento de Roman y su comprensión del negocio publicitario y, en su mayor parte, ella guardó silencio, absorbiendo todo lo que podía. Hizo algunas sugerencias sobre la ropa usada por los modelos, pero mantuvo sus comentarios al mínimo, dejando los comentarios más sustanciosos a su jefe.

Roman expresó preocupación acerca de cómo era transmitido el mensaje mientras que algunos comentarios de Serena se centraron en el impacto visual de los anuncios. Al ser la hija de un hombre rico, había vivido durante años en el ojo público y sabía cómo hacer una buena primera impresión. Era experta en la alta costura, maquillaje y peinado.

Debido a que ella miraba los anuncios con ojos perspicaces era capaz de encontrar defectos donde la mujer promedio no lo haría. Se sentía un poco culpable por involucrase a sí misma demasiado pero sabía que se sentiría aún más culpable si guardaba silencio. Después de todo, Roman la había invitado a esta reunión, no para ser una estatua sino para participar. Sabía que estaba aquí para aprender, pero también sabía que tenía mucho que compartir, independientemente de su falta de experiencia en el negocio.

Con esa convicción comenzó a decir lo que pensaba. Hizo recomendaciones para el vestuario de los modelos, y para el comercial de televisión incluso sugirió cambiar todos los modelos. Por lo que Roman le había contado sobre la línea de productos Encantada, sabía que estaba dirigido a mujeres jóvenes y profesionales. El modelo seleccionado por la Agencia era mujer a finales de sus treinta. Ella razonó que necesitaban usar una modelo a quien estaba destinado el producto. Tanto Martha como Herman estaban mirando a Serena con un aire de sorpresa, pero Roman tenía una sonrisa de satisfacción en su rostro.

— Creo que vamos a tener que volver a la mesa de dibujo —, dijo Martha, con un tono de molestia en su voz.

— Queremos que esta campaña sea perfecta —, dijo Serena con calma —. Por lo que no tiene sentido que nos apresuremos a sacar algo de mala calidad

Martha contuvo el aliento, pero no dijo nada. Comenzó a empacar sus guiones gráficos, papeles y volvió a sentarse al lado de Herman.

—Supongo que este es un buen momento para hacerme cargo —, dijo el hombre, sacando dos carpetas, deslizo una a Roman y la otra a Serena —. Yo había elaborado un presupuesto para la campaña, pero al ver que vamos a hacer cambios, algunos de estos datos van a cambiar también. Sin embargo, quería darle una idea de cómo lucirá el presupuesto.

—No hay problema —, dijo Roman, asintiendo —. Vamos a ver que tiene.

Roman y Herman empezaron a discutir el presupuesto línea por línea. Serena intentó escuchar pero se sentía totalmente distraída. Había algo acerca de la publicidad impresa que la estaba molestando. Simplemente no podía dar con el clavo. Se moría de ganas de pedirle a Martha que le dejara verla otra vez pero sentía que para ella sería como poner sal en la herida. La mujer probablemente ya la odiaba por hacer todos esos comentarios y cambios en su campaña.

Estaba tan distraída que empezó a juguetear con su bolígrafo más y más hasta que Roman la miró. Finalmente él dijo —, ¿Pasa algo, Serena?

—Sí —, dijo Serena, decidida a tomar la oportunidad que le había dado —. Sólo quiero volver a ver el anuncio impreso.

Él arqueó las cejas, pero no dijo nada y se volvió hacia Martha. La mujer se encogió de hombros y sacó el anuncio y lo deslizó hacia Serena quien lo estudió durante unos segundos.

—Hay algo acerca de este eslogan...No sé. Me encanta tu cara de bebé... ¿podemos cambiarlo?

— ¿Por qué hacer eso?— la voz de Martha era fuerte pero ella se apresuró a cambiar su tono —. Quiero decir, es perfecto para la campaña. La niña está acariciando la cara de su madre y diciéndole que a ella le encanta su cara de bebé.

Serena sacudió la cabeza lentamente —. Suena un poco cursi para mí. ¿Qué tal, acaricia tu cara con amor? — Miró al otro lado a la mujer mientras hablaba y vio su sorpresa, los ojos de Martha se iluminaron y una sonrisa se dibujó en su rostro.

— Eso es perfecto. Puedo construir una campaña entera alrededor de ese eslogan.

Serena miró a Roman que también sonreía. Le dio un guiño y una sonrisa enigmática. Por alguna razón eso le hizo pensar en su toque y un escalofrío corrió por su espina dorsal.

En el resto de la reunión Serena permaneció en silencio, pero un cálido resplandor había colmado su cuerpo. Sabía que estaba siendo tonta pero si Roman estaba satisfecho con ella, ella era feliz.

La reunión terminó poco después y Theresa entró para escoltar a los visitantes afuera. Serena recogió su libreta y su bolígrafo y se dirigió fuera de la sala de conferencias cuando Roman habló.

—Sólo un momento, Serena.

Ella se detuvo en seco, su corazón latía con fuerza en sus oídos. Se volvió y vio que él le estaba sonriendo a ella. Dios mío, era tan guapo cuando sonreía. Permaneció de pie, agarrando con fuerza su libreta delante de ella, y esperó.

—Lo hiciste bien hoy —. Su voz era suave y le tomó a él cuatro pasos para estar a centímetros de ella, que se estremeció en reacción a su cercanía. Luchó por mantener su rostro tranquilo, no queriendo que él supiera el efecto que tenía en ella.

—Tienes un talento innato que salió en la reunión de hoy. Tienes un ojo para la belleza —. Él sonrió hacia ella y luego la tomó del codo y la giró hacia la puerta —. Te puedes ir ahora, pero ten seguro que estarás en muchas más de estas reuniones a partir de ahora.

Serena simplemente asintió, mantuvo su espalda recta y salió. Por segunda vez en una semana él la había escoltado a la puerta. Estaba contenta por los elogios pero hubiera preferido que la arrastrara nuevamente en sus brazos y la besara apasionadamente como lo había hecho en su última reunión. ¿Era ella la única persona que se había embriagado en ese beso? Se mordió el labio y siguió caminando, su rostro tan plácido como el lago Ontario. Jamás le dejaría saber lo mucho que ansiaba su contacto.

ESA NOCHE SERENA NO pudo dormir. Se había metido en la cama a las 10:30 y empezó a dar vueltas y vueltas por horas sin dormir a la vista. Había tenido un día maravilloso. No, un día terrible. Suspiró en frustración. Había sido un día totalmente confuso. En primer lugar, había estado desafiante, preparándose para retar a Roman la próxima vez que lo viera. Entonces se estremeció con la anticipación de volver a verlo después de su beso. Cuando él hizo la declaración de que jamás la tocaría de nuevo se sintió desinflada. Cuando la elogió después de la reunión se sintió toda pegajosa. Entonces él le había mostrado la puerta. Regresando a la depresión.

Lo que lo hacía peor, a pesar de su determinación de odiar su trabajo y hacer todo lo posible a su alcance para ser despedida, realmente había disfrutado la reunión con la Agencia de publicidad. Había aprendido mucho en apenas un par de horas, y tenía que admitir, que estaba deseando aprender aún más. Gimió. Eso iba totalmente en contra de su plan. ¿Qué iba a hacer ahora?

Miró su reloj, la una y treinta y cinco, lo que significaba que serían las seis y treinta cinco de la mañana en París. Estaba segura de que Jan y Tammy no estarían despiertas a esta hora, pero no le importaba. Ahora necesitaba hablar con alguien. Tomó el teléfono y marcó el número de celular de Jan, rezando para que la función de roaming funcionara. Lo hizo. Jan contestó el teléfono al quinto repique.

—Hola —. Su voz sonaba aturdida y muy lejana.

— Despierta, dormilona—, dijo Serena, tratando de sonar alegre —. ¿Qué estás haciendo en la cama a esta hora? ¿Sabes qué hora es?

Se produjo una pausa y luego Jan dijo con sequedad—. Por supuesto que sé qué hora es. Es una inoportuna hora de la mañana. Sabes que nunca me levanto temprano. Estoy de vacaciones, por Dios —. Había un tono de fastidio en su voz.

Serena suspiró —. Sé que no debería haber llamado tan temprano pero simplemente necesito hablar. Estoy sola aquí y me estoy volviendo loca.

— ¿Qué está sucediendo, Serena? ¿Estás bien? — Jan sonaba totalmente despierta ahora. Su voz era aguda con preocupación.

—Estoy bien —, dijo Serena con otro pesado suspiro —. Es que ustedes están allá con toda la diversión y yo estoy aquí trabajando muy duro. Y para hacer las cosas peor tengo un demonio por jefe que me está volviendo loca.

— ¿Qué diablos quieres decir? ¿No discutimos el plan para tu jefe? Ibas a ir allí y demostrarle que eres una Van Buren. Entonces, ¿qué pasó?

Serena no pudo evitar sonreír para sus adentros. Había sido tan ingenua —. Digamos, él no es exactamente el jefe que yo esperaba.

— ¿Está bueno?

—Yo no lo describiría como... agradable —. Serena se mordió el labio y se preguntó cuánto debía decirle a su amiga. Luego continuó —. Probablemente es el hombre más hermoso que he conocido en toda mi vida.

— ¿Qué? Nunca me dijiste esto.

— ¿Cómo podría? Están a medio camino alrededor del mundo. Tú y Tammy me abandonaron cuando más las necesitaba.

—Vamos, Serena —, dijo Jan, sonando exasperada —. No me voy a sentir culpable por eso. Teníamos un plan y tú te echaste para atrás. Eso sí, sé que no fue tu culpa, pero ciertamente no esperabas que las reglas de tu padre aplicaran a Tammy y a mí. Ahora volvamos al problema real. Háblame de ese galán.

— ¿Qué está pasando? — Serena oyó débilmente a Tammy en el fondo.

—Serena encontró a un hombre y es guapo —, escuchó decir a Jan.

—No, no lo he hecho —, replicó ella —. El hombre es mi jefe, por amor de Dios.

— ¿De verdad? ¿Finalmente cayó por un hombre? — Dijo la voz de Tammy otra vez, ahora más cercana.

— Sí, y me va a contar todo —, dijo Jan emocionada.

— ¿Será que ustedes pueden parar? — gritó Serena en el teléfono. Aún no habían esperado escuchar su historia, pero ya habían saltado a todo tipo de conclusiones. Confiar en sus locas amigas era tan... loco.

—Está bien, está bien —. Jan se rió en el teléfono —. Estoy escuchando.

—Gracias —, dijo Serena en un arrebato, respiró hondo y empezó —. Cómo iba diciendo, mi jefe no es como esperaba. Es de más de seis pies de altura y tiene pelo negro azabache y sorprendentes ojos oscuros. Y su piel es morena, como... Creo que es en parte italiano o algo.

—Suena como una estrella de cine —, dijo Jan, soñadora.

—Oye, no escuche nada de esto —, se quejó Tammy en el fondo.

—Silencio, te lo voy a contar todo cuando hayamos terminado —, siseó Jan, calmándola. Entonces le dijo a Serena —, ¿Así que has salido con él?

— ¿Qué te crees que soy? Acabo de conocer al hombre la semana pasada. De todos modos, su nombre es Roman Steele y él es el CEO de Industrias Steele.

— ¿Roman Steele? Lo conozco. Es decir, le he visto en los periódicos antes. Tienes razón, es un verdadero galán. Tienes suerte...

—No, no es verdad. Actúa como si ni siquiera me notara —. Hubo un repentino tirón en su voz y Serena se sentó y se aclaró la garganta.

—Parece que pasó algo, algo que no me estás diciendo.

—No, no es nada —, dijo rápidamente —, es sólo que... él... — Serena se mordió el labio mientras las repentinas lágrimas picaban en sus ojos. No sabía cómo seguir adelante, ni qué decir.

—Serena —, dijo Jan con una voz de profesora —. Ten cuidado con lo que estás haciendo. Suena como que te has metido en algo profundo. Pero hagas lo que hagas, no te enamores de él.

Demasiado tarde. Serena puso su dedo índice izquierdo en sus labios y empezó a mordisquear su uña. Sólo habían pasado una semana desde que conoció al hombre, pero ese consejo había llegado demasiado tarde para salvar a su corazón.

CAPÍTULO SIETE

Eran más de las cinco en punto, pero Roman no tenía planes de dejar la oficina pronto. Había estado trabajando en un informe por las últimas tres horas y, mirando hacia los papeles frente a él, se dio cuenta de que no tenía mucho que presentar todo ese tiempo. Había estado distraído toda la tarde y, tan importante como era este informe, simplemente no podía poner su mente en ello de ningún modo.

Y todo era culpa de Serena Van Buren. La bruja lo estaba volviendo loco. La había estado evitando la mayor parte de la semana, pero esta mañana habían pasado más de dos horas juntos leyendo cuidadosamente los archivos de viejas campañas publicitarias, analizando aquellas que habían sido exitosas y desechando aquellas que no habían tenido mucho impacto. Se habían sentado juntos alrededor de la mesa de conferencias, tan cerca que podía oler la ligera fragancia de su perfume. La cercanía lo había hecho consciente de cada uno de sus movimientos y le había sido difícil no atraerla a sus brazos y besarla hasta dejarla sin aliento.

Hoy Serena usaba un traje a medida azul marino que se aferraba a las suaves curvas de sus caderas y senos. Las suaves ondas de su pelo caían alrededor de su rostro en forma de corazón, dándole el aspecto de un ángel. Sus labios eran de un rosa pastel y había un ligero sonrojo en su rostro que la hacía ver brillante. Cuando los dos se estiraron para tomar la misma hoja de papel, sus manos se tocaron y ella saltó como si hubiera sufrido una descarga. Él también la sintió. Una sacudida de electricidad recorrió su cuerpo, haciéndolo tomar aire. Había intentado con fuerza no reaccionar a su cercanía pero se volvió casi difícil respirar y no podía evitar mirarla de reojo de vez en cuando una y otra vez. Sacudió la cabeza mientras recordaba como su reacción física a ella había sido tan fuerte que en un momento dado había tenido que pararse e ir a la mesa a servirse un vaso de agua sólo para alejarse de ella.

¿Qué le estaba pasando? Él, un hombre de treinta años, comportándose como un estudiante enamorado. Suspiró y se restregó los ojos. De alguna manera tenía que luchar con esa atracción hacia ella. Richard Van Buren le había confiado a su hija y él no podía permitirse poner en peligro su relación.

Roman todavía estaba sentado en su escritorio, mirando por la ventana, cuando hubo un golpe en la puerta. Serena se asomó y él sintió que le apretaba el corazón en el pecho.

— ¿Qué estás haciendo aquí? —su voz fue más brusca de lo que planeaba.

—Casi son las seis en punto. Creí que ya se había ido —, entró en la habitación y cerró la puerta a sus espaldas. Se veía tan fresca como a primera hora de la mañana. En todo caso, se veía incluso más atractiva justo en este momento. Se quedó ahí parada viéndose tan hermosa que era insoportable—. Aún sigo aquí por el trabajo que me dio, que definitivamente tenía que tener a primera hora de la mañana. Iba a dejárselo en su escritorio — tendió una carpeta conforme se acercaba.

Él estiró el brazo y lo tomó pero no se molestó en abrirlo. En su lugar, continuó mirándola fijamente en silencio hasta que ella comenzó a parecer incómoda y apartó la vista.

—No importa que me quedé para terminarlo — prosiguió, pareciendo querer llenar el vacío—. No es como si tuviera prisa por ir a casa para hacer algo especial. Probablemente sólo iré a casa y veré televisión.

— ¿Qué? ¿No vas a ir de compras al centro comercial? ¿No te vas de fiesta en las tardes? Pensé que chicas como tú pasaban las tardes festejando y saliendo con amigos.

—No salgo de fiesta —, su tono de voz era frío y pudo ver la furia destellar en sus ojos pero entonces sus hombros bajaron imperceptiblemente —. Y mis dos mejores amigas se fueron a Europa por el verano así que estoy sola.

— No pueden haberse ido todos a Europa. ¿No tienes otros amigos por aquí?

Negó con la cabeza —. No, no tengo muchos amigos

— ¿Por qué no me sorprende? —, dijo Roman fríamente.

Serena lo fulminó con la mirada luego dijo, —Bien, tiene su informe. Si no me necesita para nada más me iré —, sin esperar por su respuesta se dio la vuelta y salió sigilosamente de la oficina, cerrando la puerta elegantemente detrás de ella.

·· ❧ ··

CUANDO SERENA LLEGÓ a casa se tiró en el sofá y encendió la televisión. Aún seguía dolida por el comentario de Roman sobre que no estaba sorprendido porque no tuviera muchos amigos. ¿Cómo se atrevía a insinuar que era antipática? Apretó los dientes y le frunció el ceño a la pantalla de televisión, su mente trataba de encontrar maneras por hacerle pagar por ese comentario.

Quizás pudiera secuestrarlo y torturarlo quitándole los vellos de su pecho. Uno por uno. Sonrió con malicia por el pensamiento de verlo retorcerse, luego su corazón saltó mientras se imaginaba sus dedos acariciando el torso de él. No tenía ni idea de si Roman tenía pelo en el pecho o no pero realmente parecía el tipo de hombre que lo tendría. Se mordió el labio y trató de concentrarse en el reportaje de alguna inundación en Florida, pero su mente no dejó ir al Adonis de pelo oscuro que hacía latir con fuerza a su corazón.

Su humor finalmente se aligeró cuando comenzó los videos más divertidos de América. Se rio a carcajadas cuando la sotana de un pastor se incendió y tuvo que arrancársela en frente de la congregación. Seguía riéndose entre dientes cuando el programa de televisión fue a un corte comercial y usó la oportunidad para traer una botella de agua de la cocina. Tomó una botella del refrigerador y se estaba dando la vuelta para volver a la sala cuando vio el montón de correo que había dejado en la encimera. Se había olvidado de eso. Lo recogió y se lo llevó al sofá luego se sentó de nuevo justo a tiempo para ver a un niño de uno o dos años balancear un bate de beisbol en la entrepierna de su padre. Sacudió la cabeza y gimió con compasión. Eso debió haber dolido.

Comenzó a abrir el correo mientras miraba el programa, separándolos en dos pilas. La del correo basura era mucho mayor que la del correo verdadero. De hecho, sólo había recibido dos piezas de correo auténtico, las dos eran cuentas. La primera era por su celular. Cuatrocientos noventa y dos dólares. Suspiró. No exactamente lo que necesitaba ahora que estaba con un presupuesto limitado.

Se enderezó, sin embargo, cuando abrió el segundo sobre. Era la cuenta de su tarjeta de crédito y era mucho más elevada de lo que había esperado. Estaba a sólo doscientos sesenta y cinco dólares de alcanzar su límite de veinte mil dólares. ¿Ahora dónde iba a conseguir el dinero para pagar todo eso? Con la mesada que su padre solía darle nunca había tenido problemas. De hecho, nunca había tenido que preocuparse por pagar sus propias cuentas de la tarjeta de crédito antes de ahora. Aunque, esta vez, no tenía nada a que recurrir con excepción del mísero salario que recibiría dentro de dos semanas completas a partir de ahora. El pago de su tarjeta de crédito vencía a fines de mes. Y no podría conseguir dinero de sus otras tarjetas de crédito para pagar esta. Las otras dos habían excedido todo el límite.

Su humor se inclinó de nuevo a la depresión. No había modo de que fuera a sobrevivir así por seis meses con el salario de un aprendiz de administración de nivel bajo. El hecho de que su padre estaba pagando su apartamento era una gran ayuda pero todavía la dejaba en un aprieto, para cuando pagara la cuenta de teléfono, comprara comida y gas, visitara unos cuantos restaurantes y apartara dinero para gastos diversos, estaría en bancarrota. Y, por supuesto, tenía que hacer algunas compras. Era su única válvula de escape emocional.

Serena miró el teléfono y luego volvió a ver el televisor. Tenía ganas de llamar a su padre y suplicarle que olvidara todo este asunto acerca que ella trabajara. Quería su antigua vida de vuelta. Estiró la mano por el teléfono y después la retiró. Le fastidiaba tener que arrastrarse de vuelta a él pero no sabía qué más hacer. Finalmente decidió llamar. Tiempos desesperados requerían medidas desesperadas, dicen. No había ningún modo de que fuera a sobrevivir sin ninguna tarjeta de crédito así que no tenía opción más que llamar.

Pero la conversación no fue tan bien como Serena había esperado. De hecho, fue un desastre.

— ¿Por qué no regresaste mis llamadas? —Fue la primera respuesta de su padre a su saludo—. Estaba pensando ir allá sólo para ver que estabas bien. Lo menos que podrías hacer es llamar a tu padre de vez en cuando — sonaba tan molesto como aliviado.

—Es sólo que he estado ocupada, papá. No llego a casa hasta por la noche y cuando llego aquí, estoy hecha polvo. Siempre planeo llamarte pero entonces me quedo dormida antes de hacerlo.

—Esa no es excusa. Tienes un celular. Puedes llamarme durante el día. Y estoy seguro que Roman no te mataría si me llamas de la oficina.

—Está bien —dijo con un suspiro—. Haré eso — hizo una pausa entonces antes de que pudiera cambiar de opinión soltó—. Papá, ¿por qué no cancelamos todo este asunto? No está funcionando para mí. Tengo cuentas acumulándose y no me pagan hasta dentro de otras dos semanas.

— ¿Qué tipo de cuentas? Pago tu apartamento y eso incluye tus servicios públicos. De lo único que tienes que preocuparte es de tu comida.

—Sí, —dijo lentamente—, y de las cuentas de mis tarjetas de crédito.

—Pagué todas las cuentas de tus tarjetas de crédito hace dos meses. Aun cuando alcanzaste el límite de todas al mismo tiempo, me aseguré de que todos tus saldos estuvieron pagados. Esos son casi treinta mil dólares. ¿Volviste a alcanzar el límite en todas ellas de nuevo en tan poco tiempo?

Serena se mordió el labio. —Supongo que sí —dijo, su voz baja y derrotada. Luego añadió con rapidez —. Pero es sólo porque era la graduación y tenía que hacer muchas compras. Tenía que ir al baile de graduación y la ceremonia viéndome bien, ¿no es cierto?

—Supongo que sí — dijo su padre —, pero no tenías que comprar en Prada todas tus cosas.

—Pero no lo hice —comenzó a protestar entonces se detuvo. Decidió cambiar su tono—. Papi, en vista de que las cosas están tan apretadas para mí, ¿crees que puedo volver a recibir mí mesada de nuevo? Necesito pagar algunas de estas cuentas.

—Serena —comenzó él con el tono que usaba cuando la reprendía—, conoces nuestro acuerdo. Sin mesada por seis meses. Tienes que aprender a vivir con un presupuesto y arreglártelas con tu salario. ¿Cómo esperas dirigir este negocio cuando me vaya si no puedes siquiera dirigir tu propia vida? Este consentimiento tiene que detenerse. Darte mesadas considerables y liquidar tus saldos de la tarjeta de crédito por tus compras compulsivas no es la manera de prepararte para el mundo —suspiró pesadamente—. Sé que es duro para ti y que odias hacer esto pero es por tu propio bien.

— ¿Así que no vas a regresarme mi mesada?

—No, no lo haré.

—Bien, ¿por lo menos pagarías parte de las cuentas de la tarjeta de crédito?

—Lo siento. No puedo.

—Esto es tan injusto — dijo Serena amargamente —. Eres mi padre. ¿Por qué me tratas así?

—Ya no eres una niña, Serena. Necesitas empezar a aceptar responsabilidades y hacerte cargo de tu propia vida.

—Pero todo lo que pedí fue...

—Es suficiente. Ya te estoy ayudando a pagar tu apartamento. Tu salario mensual es todo lo que tienes para usar así que comienza a trabajar en tu presupuesto.

Serena colgó el teléfono con un golpe y se desplomó de nuevo en el sofá con un resoplido. Nunca había sido grosera con su padre antes, pero esta situación lo ameritaba. Se sentó con los brazos apretadamente cruzados sobre su pecho, los dientes mordiendo su labio inferior. ¿Qué sabía ella sobre presupuestos? ¿Por dónde comenzaría siquiera? Su padre la estaba haciendo pasar un infierno. Nunca lo perdonaría.

CAPÍTULO OCHO

Serena se mordió el labio inferior y frunció el ceño cuando miró el retrato enmarcado. Levantó su dedo índice a los labios y comenzó a mordisquear distraídamente su uña, dándose cuenta de lo que estaba haciendo, dejó caer su mano con aire de culpabilidad y la deslizó en el bolsillo trasero de sus pantalones vaqueros. ¿Cuándo iba a deshacerse de ese horrible e infantil hábito? Cuando estaba nerviosa o absorta en sus pensamientos siempre volvía a ese hábito, uno que encontraba muy difícil de romper. Tenía veintiuno, por amor a Dios. Era tiempo de acabar con este tipo de comportamiento infantil.

Suspirando se alejó de la cama y fue a mirar por la ventana del dormitorio del apartamento. Era un infierno eso de estar en la ruina. Por primera vez en su vida, sabía lo que era desear algo desesperadamente y no tener el dinero para conseguirlo. Había visto un reloj de oro exquisito en Diamante's y había querido dárselo a su abuela por su cumpleaños número setenta y cinco, pero con un poco más de doscientos dólares disponibles en su tarjeta de crédito ¿cómo podría? Y ese pequeño detalle de sus gastos personales. Lo poco que le quedaba en la tarjeta tendría que servirle hasta el día de pago. Con los precios de la gasolina por las nubes no tenía ni idea cómo haría que el dinero le rindiera tanto tiempo.

En pocas palabras no tenía dinero para comprar un regalo de cumpleaños a su abuela Sylvie. Así que cambió a su afición de hace mucho tiempo. En lugar de comprar un regalo, había cavado a través de una caja de fotos y encontró una con su abuela cuando tenía diez años menos, sonriente y feliz con su marido de más de cuarenta años. El abuelo de Serena, todavía bien parecido en sus años dorados, la sostenía en un tierno abrazo y sonreía hacia ella con un amor que era innegable.

Serena observó fijamente esa foto durante mucho tiempo. Sabía el dolor que la abuela Sylvie había sufrido cuando el abuelo Harris murió de neumonía a la edad de sesenta y siete años. Se había casado con su novio de la infancia y nunca había respondido el interés de cualquier otro hombre. Lo extrañaba inmensamente, y echaba de menos el amor que compartían. Serena quería recuperar ese amor por su abuela, incluso si sólo era en papel. Y así comenzó a dibujar.

Le tomó la mayor parte del sábado por la mañana, pero no le importaba. Serena dibujó la foto, creando una réplica de dieciocho por veinticuatro pulgadas en carbón, y entonces sacó el elegante marco con bordes dorados que encontró en la tienda de descuento. Suavemente, colocó la imagen en el interior, y cuando ésta yacía en su marco sobre su cama corrió los dedos amorosamente sobre las caras de sus abuelos. Luego fue al armario a conseguir papel de regalo y un lazo.

Después que había envuelto el regalo lo apoyó contra el costado de su cómoda color caoba, se dirigió a la cocina para hacer frente a la segunda mitad de su proyecto. Hoy iba a hornear un pastel. No importaba que nunca hubiera cocinado algo en su vida, iba a hacerlo por su querida abuela y nada iba a detenerla. Ahora que había creado un proyecto con sus propias manos tenía ganas de hacer más. Había descargado la receta de internet y parecía tan fácil como siempre.

Sonriendo y tarareando para sí misma, Serena puso la página impresa en el mostrador de la cocina y revisó la lista de lo que necesitaría. Abrió el refrigerador y los armarios y comenzó a reunir todos los ingredientes. Cuando todo estaba distribuido se puso su delantal blanco con volantes y se rió. Se parecía a Betty Crocker. Si sólo el aspecto mejorara sus habilidades como pastelera. No importa, ella estaba lista para dar el paso. Pastel amarillo, aquí vamos.

• • ⁕ • •

ROMAN BUSCÓ ENTRE LOS papeles de su escritorio. ¿Dónde estaba? Podría haber jurado que lo había dejado en la pila en el centro de su escritorio. Nuevamente se sentó en la silla y frunció el ceño, tratando de recordar. Serena le había entregado el archivo y luego había retrocedido y salido, estuvo menos de diez segundos en su oficina. Después de que él dejó de admirar su lindo y pequeño trasero en ese pantalón negro, dejó caer el archivo de nuevo sobre la mesa y había regresado a lo que había estado trabajando. ¿Ahora, a donde se había ido desde entonces?

Se levantó y se acercó al archivo, revisó el ala superior, registrando el interior. Todo despejado. Se acercó a la estantería y la abrió para comprobar todos los archivos dentro. ¿Había entrado Serena más tarde y se había llevado el archivo? Empezaba a molestarse, salió de su oficina y se dirigió hasta el sexto piso. Allí comprobó el escritorio de ella y el gabinete en su cubículo. No había ningún archivo. Y no había nadie a quien preguntar. Era sábado y él era el único que trabajaba en el edificio. Normalmente, animaba a sus empleados a utilizar los fines de semana para la familia y la relajación. Le molestaban las personas que trabajan horas extras a menos de que fuera absolutamente necesario. En lo que a él concierne, si no es lo suficientemente bueno administrando su tiempo para realizar su trabajo durante los días de semana, entonces alguna mejora era necesaria.

Sólo de pensar en eso le hizo sonreír para sus adentros. Hoy él era el culpable. Tenía una buena excusa, sin embargo. Esta semana había estado de ida y vuelta entre Nueva York y Toronto, así que simplemente no había tenido todavía el tiempo suficiente para sentarse y revisar el archivo. Pero ahora que necesitaba prepararse para su reunión del lunes por la mañana. Entonces, ¿cómo diablos se iba a preparar sin ese archivo?

No tenía alternativa. Tenía que llamar a Serena. Sintió una punzada de incomodidad por tener que molestarla el fin de semana, pero sabía que ella entendería. De regreso a su oficina, hojeó el directorio de empleados y luego marcó el número de la casa de Serena. Contestó al quinto repique.

— ¿Hola? — Su voz sonaba sin aliento, como si hubiera estado corriendo.

— Serena, es Roman. Lamento molestarte, pero necesito el archivo de MacGyver. ¿Lo tomaste de nuevo de mi oficina?

— No, yo no lo hice —, comenzó luego se detuvo —. Recuerdo a Theresa diciendo que quería añadir un par de documentos al archivo, sin embargo. ¿Tal vez podría revisar en su oficina?

— Gracias, Serena. Y una vez más, te pido disculpas por molestarte un sábado.

— Está bien—, dijo ella entonces jadeó—. Oh, no. ¡Humo!

Roman escuchó el ruido del teléfono mientras ella dejaba caer el receptor y luego oyó lo que sonaban como golpes de ollas y sartenes. ¿Qué estaba pasando? —. Serena. ¿Estás bien? —. Estaba gritando en el teléfono, pero obviamente ella no podía oírlo. Todo lo que él podía hacer era apretar el auricular y esperar. Algo estaba pasando, no tenía ni idea de que y odiaba sentirse indefenso. Pero ¿qué otra cosa podía hacer? Estaba demasiado lejos para hacer cualquier cosa.

Finalmente, después de lo que pareció una eternidad, Serena volvió al teléfono —. Lo siento, era... quemé mi pastel—, se lamentó en el teléfono.

— ¿Tu qué?

— Mi pastel —, gritó ella, su voz llena de frustración —. Intentaba hornear un pastel para mi abuela y toda la cosa se quemó. Está todo negro y duro y sigue echando humo.

Roman casi tuvo que morderse los labios para no reírse a carcajadas. ¿Serena Van Buren horneando un pastel? Se estaba divirtiendo imaginándosela. La chica de la alta sociedad en delantal y guantes pareciendo el ama de casa de ensueño de las revistas de los años sesenta. De ninguna manera, no esta niña rica y mimada.

— ¿Qué voy a hacer ahora? Hoy es el cumpleaños de mi abuela y planeaba visitarla y llevarle un pastel. Ahora lo arruiné todo.

Para sorpresa de Roman, Serena comenzó a sollozar. Era como una sí una presa con toda su frustración se hubiera roto dentro de ella. Los sollozos se hicieron más fuertes y estaban salpicados con hipo.

Roman no lo habría creído si no hubiera estado en el teléfono con la chica. ¿La impetuosa Serena se desmoronó por un pastel? Ella podía ordenar fácilmente cien pasteles. ¿Qué la estaba poniendo tan emocional? — No es el fin del mundo—, dijo, tratando de calmarla —. Es sólo un pastel.

— No es sólo un pastel —, replicó ella —. Es mi pastel, el que estaba haciendo para mi abuela. Se suponía que iba a ser especial —. Sorbió la nariz y tomó un par de respiraciones profundas, al parecer tratando de serenarse —. He seguido la receta al pie de la letra. No sé lo que pasó. No excedí el tiempo de preparación. La torta estuvo solamente en el horno como veinte minutos.

— ¿Y cuál era la temperatura del horno?

— ¿La temperatura de qué?

— Está bien. Creo que encontré la clave a tu problema—. Roman sacudió su cabeza y luego se rió entre dientes —. Probablemente tenías la temperatura demasiado alta y por eso se quemó el pastel.

Serena dejó escapar un suspiro—. ¿Por qué no puedo hacer nada bien? ¿Qué voy a hacer ahora? Desearía que alguien me hubiese enseñado acerca de estas cosas.

Por un momento se hizo un silencio y Roman sólo podía imaginarla mordiendo su labio inferior, lo que parecía hacer cuando estaba perdida en sus pensamientos. Era evidente que estaba perdida cuando se trataba de asuntos domésticos y por qué no habría de estarlo. Estaba seguro de que ella no había tenido que cocinar nada en su vida. Y ahora había asumido por sí misma hornear un pastel para su abuela. Sólo podía admirarla por ello.

En un impulso, dijo —. Este pastel tuyo, ¿Qué tan pronto necesitas tenerlo listo?

— Le dije a mi abuela que iría a las 4 esta tarde. Quería sorprenderla con algo casero, pero a quién engaño. Nunca podré hacer esto por mí misma.

— Puedo ayudarte.

— ¿Usted? ¿Cómo?

Roman se rió en el teléfono —. Soy un excelente cocinero, si se me permite decirlo. Aprendí a manos de los mejores.

— ¿Me... enseñaría? — La voz de Serena sonó vacilante pero con esperanza.

— Son sólo poco más de las once, si me puedes esperar allí mientras busco este archivo y termino lo que estoy haciendo, te ayudo a hornear tu pastel. ¿Tienes todos los ingredientes o necesito recoger algo por el camino?

— N...no, tengo lo que necesito. ¿Sabe dónde vivo?

— Seguro. Tuve que comprobar tu archivo para obtener el número de tu casa y veo que aparece en uno de los apartamentos a pocos kilómetros al este de la oficina. No me importa ir. De hecho, me encantaría volver a tener mis manos llenas de harina. Ha pasado mucho tiempo—. Roman sonrió para sus adentros cuando recordó la última vez que había cocinado algo. Había estado en la reunión familiar de Acción de Gracias hace tres años en casa de sus padres. Fue nombrado el chef del día. Desde entonces, no había tenido oportunidad de hacer cualquier cocina real ya que él siempre estaba viajando y su ama de llaves se hacía cargo de sus comidas cuando estaba en casa.

Pero luego pensó en algo y su sonrisa desapareció. ¿Estaba siendo presuntuoso al invitarse a sí mismo al apartamento de la chica? Era una estupidez de su parte hacer incluso la oferta.

— Pensándolo bien, tal vez no sea tan buena idea —, dijo, con tono de disculpa —. Estoy seguro de que deseas hacer esto por tu cuenta

— De ninguna manera. No voy a permitirlo. Usted hizo la oferta y yo la acepto. Va a venir... ¿cierto?

Fue esa vacilación en su voz, ese toque suave de súplica, que lo atrapó. Serena siempre había jugado a la dura pero ella era vulnerable en muchos sentidos. ¿Cómo podría decirle que no?

— Bueno, voy a estar allí en una hora más o menos. Suponiendo que encuentre el archivo. Te llamo antes de salir.

— Genial —, dijo con una risa feliz —. Voy a tener todo listo y en espera. Lo prometo.

Después de que Roman colgó se sentó un momento tocando sus dedos sobre el escritorio. Le gustaba el sonido de eso. Lista y esperando. Tal vez le gustaba demasiado. ¿Estaba cometiendo un error al ver Serena fuera de la oficina, aunque sólo sea para ayudarla?

Roman suspiró. Tal vez estaba exagerando. Había estado muy ocupado viajando y en la oficina durante tanto tiempo que podía hacer poco con su tiempo de inactividad. Hornear un pastel sin duda sería diferente. Y con Serena cerca definitivamente no sería aburrido. Incluso podría acabar siendo divertido. Estaba deseando empezar.

CAPÍTULO NUEVE

Serena no podía creer que acababa de invitar a su jefe a su casa para ayudarla a hornear un pastel. ¿Qué empleado se atrevía a hacer algo así? Un empleado como ella, parece, uno que estaba desesperado. No era como si sus amigas estuvieran cerca y pudieran venir a ayudarla, la fiesta de cumpleaños era esta tarde. Se había aferrado a su oferta y, nerviosa como la ponía, no se arrepentía de ello. Si tenía un delicioso pastel para llevar a la casa de su abuela Sylvie todo valdría la pena.

Se mantuvo ocupada arreglando la cocina, deshaciéndose del pastel quemado y disponiendo los ingredientes para el siguiente. Entonces fue hora de arreglarse a sí misma. Se quitó el delantal con una mueca. De ninguna manera quería que la viera luciendo como un ama de casa. Una chica tenía que pensar en su imagen. Se deshizo de los pantalones de ejercicio y la muy grande camiseta blanca y se cambió con una blusa amarilla primavera y vaqueros. Quería ponerse un poco de maquillaje, pero luego cambió de opinión. No quería que pensara que se estaba arreglando para él. En su lugar, todo lo que hizo fue aplicarse un poco de brillo labial y recogerse el pelo en una cola de caballo.

La hora pasó volando y demasiado pronto Serena escuchó el timbre. Lista o no, Roman estaba aquí. Apretó el botón para dejarlo entrar y se echó un vistazo en el espejo para asegurarse de que todo estaba en el lugar correcto. Después, con un deliberado aire despreocupado, caminó a paso tranquilo a la puerta principal. Sincronización perfecta. Mientras ponía la mano en la perilla tocaron a la puerta. La abrió y cuando vio a Roman Steele parado en la entrada su corazón dio un vuelco.

Había pensado que se veía sexy vestido con su atuendo formal pero hoy la visión frente a sus ojos provocó que su boca se hiciera agua. Roman estaba vestido de manera informal con una playera polo azul marino y vaqueros. El fino material de la playera se estiraba por su amplio pecho, resaltando su musculoso torso. Esta era la primera vez que había visto sus brazos desnudos y esos, también mu, eran y musculosos. Se veía que se ejercitaba mucho. Sólo podía imaginar esos brazos alrededor de ella, acercándola.

— ¿No vas a invitarme a entrar? —Roman le sonrió y se rió entre dientes.

— Sí, pase —Serena dio un paso atrás y sostuvo la puerta abierta para que Roman pudiera entrar—. Perdona mis malos modales.

—No hay problema —respondió Roman, sus ojos descansando en ella y pudo jurar que vio algo cercano a la admiración en su expresión. ¿Pero por qué?

—Así que, ¿por dónde empiezo? Muéstrame la cocina.

Serena le dio una rápida sonrisa. No tenía ningún problema en comenzar de inmediato porque casi era la una en punto y necesitaba que todo estuviera listo para al menos las tres y media. —Sólo sígame —dijo y encabezó la marcha.

Serena podía presentir que trabajar en la diminuta cocina con Roman iba a ser una toda una experiencia. El perfume silvestre de su colonia llenó sus fosas nasales y su cercanía la hacía constantemente consciente del varonil hombre en su diminuto apartamento. Nunca había estado tan cerca de un hombre antes. El hecho de que ese hombre fuera Roman no hacía nada más fácil.

—Veo que tienes todo preparado —dijo Roman mientras miraba todos los artículos dispuestos en la encimera—. Déjame lavarme las manos y comenzaremos a trabajar.

Serena asintió y dio un paso atrás para que él pudiera prepararse después y conforme trabajaba se quedó parada en la esquina y miró. Ni en un millón de años se habría imaginado a Roman siendo un experto en la cocina pero él hacía todo con tal competencia que ella sólo podía quedársele viendo con admiración.

— ¿En dónde te entrenaste formalmente para cocinar? —preguntó.

Roman se rio —. No, no sé ese tipo de cocina. Puedo maquinar un buen acuerdo comercial pero esto es algo que aprendí de la mano de mi madre. Siempre lo he disfrutado — la llamó con un movimiento de cabeza—. Ahora ven aquí. Es hora de que te ensucies las manos.

Lentamente, Serena se acercó para pararse al lado de Roman. Casi se sintió intimidada por su tamaño. Aún más desconcertada por su cercanía. Su presencia masculina llenó el diminuto cuarto, haciendo a cada centímetro de su cuerpo consciente de él.

Roman se dio la vuelta con la bolsa de harina y se la dio a Serena. —Ahora. Toma esto y mide una taza —. Serena estiró el brazo para tomar la bolsa y sus dedos se tocaron. Dio un salto hacia atrás y alzó la vista para quedársele viendo.

— ¿Estás bien? —Roman levantó una ceja mientras la miraba.

— Estoy... estoy bien —dijo Serena luego dio un paso para alejarse de él. Lo había sentido, una sacudida que la recorrió en el momento en el que las puntas de sus dedos tocaron los de ella. ¿También él lo había sentido? No podría decirlo, pero sabía que tenerlo tan cerca la estaba volviendo loca. Tenía que poner un poco de distancia.

Puso la bolsa en la repisa —. Ahora vuelvo. Debo revisar algo. Antes de que pudiera detenerla salió de la cocina y se fue directamente a su habitación.

Serena sabía que estaba comportándose como una loca pero ¿cómo iba a manejar el estar tan cerca de este hombre por el que se sentía tan atraída? Tenía que controlarse. Tenía que dejar de actuar como una idiota antes de que el hombre pensara que algo estaba mal con ella. Respiró profundamente dos veces y luego se dirigió de vuelta a la cocina.

Sólo se había ido por tres minutos pero Roman ya tenía todos los ingredientes en el tazón y había encendido la batidora. Cuando entró él se giró y le sonrió.

—Sé lo que tramas —le dijo y su sonrisa se amplió.

— ¿Lo sabes?

—No tienes ninguna intención de ayudarme con este pastel, ¿verdad? Te escapaste para que yo comenzara y terminara para cuando regresaras. Conozco tu truco.

—Me... me atrapaste. Me declaro culpable.

El resto del proyecto de horneado transcurrió sin incidentes y pronto el pastel estaba en el horno, programado para permanecer ahí por treinta minutos. ¿Ahora qué iban a hacer?

— ¿Quieres ver algo de televisión? — Preguntó Serena—. Hay un juego de basquetbol en curso.

Roman asintió. —Suena bien para mí.

Y así fue como Roman terminó tumbado cómodamente en su sofá mirando la gran pantalla de TV mientras ella se sentó en el taburete del bar mirándolo. Estaba tan absorto en el juego, los Knicks contra los Lakers, que se preguntó si él incluso recordaba que ella estaba ahí. Pero ella nunca podría olvidar su presencia. Su aura llenaba la habitación. Necesitaba salir y alejarse de él. Estaba afectándola demasiado.

—Voy a revisar el pastel —. Se deslizó del taburete y se estaba encaminando a la cocina cuando su voz la detuvo.

—No te atrevas. Si continúas abriendo ese horno mi pastel se va a desinflar.

— ¿Tu pastel? Pensé que era mío.

Roman levantó una ceja —. ¿Y quién hizo todo el trabajo? Ciertamente no fuiste tú.

Serena giró sobre sus talones y le lanzó una mirada amenazadora —. Sería mejor que no le cuentes eso a mi abuela.

Roman se rio y alzó las manos en rendición —. Está bien, tú eres la jefa. Es tu pastel y no tuve nada que ver con ello.

—Te daré algo de crédito —concedió ella con una sonrisa—. Sólo un poco.

La charla ligera alivió la tensión de Serena y el resto de la espera voló rápidamente. Antes de que se diera cuenta, era hora de sacar el pastel y prepararse para ir a casa de su abuela —. ¿Vienes, verdad? — Cuando él pareció vacilar ella añadió—. No puedes echarte atrás ahora. Lo prometiste.

—Si quieres que vaya —dijo Roman, mirándola fijamente con atención, sin parecer ya interesado en el juego de basquetbol. El ciento por ciento de su atención estaba centrado en ella.

Serena se retorció un poco bajo su mirada, pero sabía que quería pasar el resto de la tarde con él. Una hora bastante agradable ya había pasado y no quería que terminara así de rápido incluso si tenía que compartirlo con su abuela.

En la oficina tenían que ser muy profesionales, casi formales, pero aquí en una tarde de sábado comenzó a ver un lado más relajado de Roman. Estaba absorto en el juego de basquetbol, dando ánimos a los Knicks mientras que ella apoyaba a los Lakers y pronto tuvieron una buena competencia en marcha. Le encantó. Nunca había sido aficionado a los deportes pero con Roman aquí para compartir el juego con ella era divertido.

—Sí quiero que vengas —Serena le sonrió a Roman—. A la abuela Sylvie le encantaría conocerte y creo que a ti también te gustará.

Asintió —. No necesito más convencimiento.

—Está bien, deja que me cambie y nos iremos —conforme se apresuraba a su cuarto esperaba que él no hubiese visto la sonrisa tonta en su rostro.

CAPÍTULO DIEZ

Roman mantuvo la puerta abierta mientras Serena se deslizaba del asiento del copiloto de su Mercedes Benz negro. Desde la ciudad les tomó un poco más de treinta minutos llegar a la casa de su abuela. Durante todo el viaje Serena se sentó en el asiento del pasajero con el pastel acunado en su regazo. Se podría pensar que era lo más preciado en el mundo. Pero él no la molestó. Podía ver que este regalo, por pequeño que fuese, significaba mucho para ella y que su abuela era una persona muy importante en su vida.

Con Serena sobre sus pies, Roman abrió la puerta de atrás y sacó con cuidado el gran regalo envuelto que Serena había puesto en sus manos. Podía adivinar que era una imagen de algún tipo porque podía sentir el patrón del marco grabado.

Mientras caminaban por el sinuoso camino de gravilla, Roman admiraba los alrededores. Estaban a las afueras de la ciudad y era precioso, con amplios campos abiertos y bosques que forman un telón de fondo de la extensa casa de rancho.

Serena debe haberlo visto mirando porque dijo —, Mi casa no está lejos de aquí. A menudo cabalgo para visitar a la abuela Sylvie. Es tan estimulante, galopar por los campos.

—Puedo imaginarlo—, dijo Roman. En su mente podía verla sobre el lomo de un caballo, con el oscuro cabello volando como una cortina detrás de ella mientras cabalgaba. No tenía ninguna duda de que era una experta jinete. Se pregunta si algún día tendría el privilegio de montar a caballo con ella.

Subieron las escaleras y cruzaron el amplio porche que rodeaba la casa. Serena hizo sonar la campana y en pocos segundos la puerta se abrió y una pequeña mujer de pelo blanco estaba sonriendo hacia ellos.

—Serena, cariño. — La mujer inclino su cabeza y le dio un beso en la mejilla luego sus ojos abandonaron el rostro de su nieta y se levantó para hacer frente a Roman. Su sonrisa se ensanchó.

— ¿Y a quién tenemos aquí?

Por alguna razón, tal vez por el brillo en los ojos de su abuela, Serena se ruborizó —. Este es Roman Steele, mi jefe.

Sylvie hizo un gesto cortés —. Bienvenido, Roman. Encantada de conocerte. ¿No vas a entrar?

Cuando entraron, Serena entregó su preciada posesión, el pastel de cumpleaños.

—Oh —, exclamó Sylvie —. Que maravillosa sorpresa. Me lo llevaré a la cocina y podemos comer unos trozos en un momento —. Mientras se dirigía por el pasillo les gritó: — ¡Pónganse cómodos! Ya vuelvo.

Serena dirigió a Roman a un salón elegantemente amueblado lleno de retratos familiares.

— Por favor, toma asiento—, dijo, indicando el sofá. En lugar de sentarse, ella fue a la repisa de la chimenea.

Esto llamó la atención de Roman al retrato pintado por encima de la chimenea. Era la imagen de una hermosa mujer rubia a caballo —. ¿Era tu madre?

Serena asintió con la cabeza —. Amaba montar a caballo.

—Como tú—, dijo Roman, viendo la mirada nostálgica en sus ojos.

En ese momento Sylvie entro en la habitación. Les sonrió —. Esa es mi Patricia —, dijo entonces inclinando la barbilla hacia Serena —. Serena luce tal como lo hacía ella cuando tenía esa edad —. Sylvie le dio a Roman una sonrisa triste —. La perdimos cuando Serena tenía seis años, siendo apenas un bebé. Richard ha sido la madre y el padre para ella desde entonces.

—Y tú también, abuela.

—Sí, he estado allí, pero el trabajo de criarte ha sido siempre de tu papá. Y aparte de mimarte y malcriarte creo que ha hecho un trabajo maravilloso —. La risa de Sylvie era como el tintineo de las campanas —. Ella lo tiene completamente enloquecido —, dijo a Roman —, pero es sólo porque él ha tenido que soportar dos sustos importantes en su vida. Uno de ellos lo dejó sin su esposa y a mí sin mi hija.

Roman frunció el ceño —. ¿Dos grandes sustos?

Sylvie asintió —. Sí, casi perdió a Serena, también.

—Abuela, no tienes que...

—Está bien, Serena —, dijo Sylvie cuando ella se acercó y puso su brazo alrededor del hombro de su nieta —. Tenemos que hablar de estas cosas. No es saludable para nosotros enterrar nuestro dolor. Esta es la única manera que podemos encontrar la curación —. Los ojos de Sylvie se empañaron —. Serena tenía leucemia cuando tenía ocho años. Pasó bastante tiempo en el hospital y Richard casi enloqueció de la preocupación. No podía soportar perder esta parte de Patricia que había dejado atrás —. Sylvie envolvió sus brazos alrededor de la cintura de Serena y la atrajo hacia sí, había una trémula sonrisa en sus labios—. Pero mi Serena salió adelante. Ella era una luchadora. No había nada que la detuviera.

Roman asintió con la cabeza y miró a las dos mujeres, tan diferentes en edad pero tan parecidas. Ambas eran pequeñas y aunque el pelo de Sylvie era blanco y los signos de la edad se encontraban en su rostro, el brillo en sus ojos azules le dijo que había sido tan enérgica como la joven que estaba de pie a su lado. Ahora podía entender, también, por qué Richard se había pasado de la raya cumpliendo los deseos de su hija. Parecía que estaba tratando compensar por todo lo que a ella le había pasado, por la pérdida de su madre y la amenaza a su propia vida.

Pero aun así, los mimos tenían que parar en algún lugar. Serena era una mujer ahora. Y que mujer. Cuando él la miraba todo lo que quería hacer era enterrar su cara entre sus deliciosos pechos.

Los pensamientos de Roman se vieron truncados cuando Sylvie liberó a Serena y aplaudió con elegancia —. Bien, vamos a conseguir algo de comer. Ambos deben estar muriendo de hambre.

Todos se dirigieron a la cocina, donde ella ya había colocado una canasta de pollo frito en el centro de la mesa, un plato de ensalada, una bandeja con maíz de mazorca y un humeante plato de puré de papas.

—Esto se ve bien —, dijo Serena, frotando su estómago —. Yo me podría comer un caballo.

— ¿Sabes lo que es triste, Roman? Ella realmente podría comerse un caballo y no engordaría —. Sylvie sacudió la cabeza y fingió una mirada de indignación.

— ¿De qué te quejas? Tú no estás gorda —. Se rió Serena.

—Eso es porque vigilo mi dieta. Tú no tienes que hacerlo. Con tu juventud y tu acelerado metabolismo puedes comer cualquier cosa. No es justo.

Roman se rió, disfrutando de las bromas —. Eres como yo, Sylvie. Tengo que comer bien y hacer ejercicio.

— ¿Tú? A ti no te sobra una onza de carne en ese cuerpo —, dijo Sylvie con un toque de exasperación —. Estoy segura que no tienes que trabajar muy duro para mantener ese cuerpo en forma. Se ve bien para mí.

— ¡Abuela! —. Serena frunció el ceño ante la mujer, pero Sylvie solo rió.

Entonces fue Serena quien lo miraba con lo que parecía admiración. ¿Estaba echándole el ojo? Roman sólo esperaba que fuera así.

Tuvieron una agradable comida con una conversación que dejó a Roman sintiéndose relajado y en casa. No podía decir la última vez que se había divertido tanto. Estaba cenando con su empleada y la abuela de ella, y se sentía como si las hubiera conocido por años. De vez en cuando sus ojos iban sobre Serena y como ella conversaba cómodamente con Sylvie, no podía evitar verla con nuevos ojos. Seguía siendo la joven mujer enérgica que entró en su oficina unas semanas antes, pero ahora podía ver otro lado de ella. Era obvio que amaba a su muy querida abuela. Tal vez la mujer no reemplazó a su madre, pero había un amor y comprensión entre las dos que no se podía negar. Y en su interacción podía ver que debajo de la fachada fuerte e independiente que Serena mostraba al mundo, era todavía joven y vulnerable.

Cuando habían terminado la comida Sylvie recogió los platos y los colocó en el fregadero. Comenzó a enjuagarlos cuando Roman se levantó. —Yo lo haré.

—Roman, eres un invitado. Siéntate y relájate. Conversa con Serena —. Sylvie continuó enjuagando los platos.

En ese momento, Roman estaba casi al lado de Sylvie —. Estás siendo demasiado buena para mí, Sylvie. Nunca tengo la oportunidad de hacer las tareas domésticas, dame esta oportunidad. Me gusta ser domesticado de vez en cuando.

Sylvie sonrió y dio un paso a un lado —. Está bien, si eso es lo que quieres. ¿Quién soy yo para luchar contra un hombre que quiere hacer las tareas domésticas?

Roman enjuagó la comida de los platos, los puso en la máquina lavaplatos y lo encendió. Mientras él estaba secando sus manos, Serena fue al mostrador por el pastel y lo apoyó sobre la mesa —. Es tiempo de que la cumpleañera tenga un poco de torta.

Sylvie estaba radiante, obviamente complacida con la atención. Serena tomó un cuchillo y se lo entregó a ella —. Mientras tomo una foto, corta el pastel —. Ella sacó su teléfono celular del bolsillo trasero de sus pantalones y lo sostuvo en alto —. Adelante.

Sylvie pegó el cuchillo en el centro de la torta y luego lentamente presionó hacia abajo, cortando un enorme trozo que puso en un plato —. Roman, obtendrá la primera mordida.

— Ninguna manera —, dijo él con una carcajada —. Eres la del cumpleaños.

— No, tú eres el invitado. Vas primero.

— Si ustedes van a pelear por eso voy primero —. Serena alcanzó para tomar el plato, pero su abuela lo echó hacia atrás.

— No, no. Es mi cumpleaños y voy a ir primero.

Roman se rió—. Eso es lo que pensaba.

Roman y Serena se sentaron con Sylvie, mientras todos comían el pastel.

— Está bueno —. Dijo Sylvie, obviamente disfrutando.

—Lo siento no pude poner el glaseado en él, abuela. No pudimos averiguar esa parte, no tan rápidamente de todos modos.

— ¿Nosotros? ¿Le ayudaste a hacer esto, Roman?

Roman asintió—. No podía dejarla hacerlo todo por sí sola.

—Me preguntaba acerca de eso. Cuando mi Serena me dijo que iba a hornear un pastel para mí, estaba dudosa. Nunca había sabido que mi chica alguna vez entró en una cocina para hacer algo. Pero ella lo consiguió. Con tu ayuda, por supuesto.

—Lamento no conseguir el pastel de la panadería de siempre este año—, dijo Serena —. Sé que te gustan esos pasteles, pero...Quería hacer algo diferente.

—Hija, ¿te disculpas por hacerme un pastel? Será mejor no, porque me encanta. ¿A quién le importa un pastel de la panadería cuando puedo conseguir uno de las manos de mi propia nieta? Y tú también, Roman—. Ella le sonrió —. Es delicioso.

—Ahora, tu regalo —, dijo Serena y se levantó. Salió corriendo de la cocina.

Roman se quedó en la cocina con Sylvie. Ella tenía la última parte de su pastel en la boca y le sonreía con ojos conocedores —. Así que ¿Qué opinas de mi Serena?

Sorprendido por la franqueza de la pregunta Roman no respondió inmediatamente. Luego habló —. Es una joven mujer admirable. A pesar de su falta de experiencia, tiene un ojo para la belleza y puedo verla haciéndolo muy bien en mercadeo. Estoy seguro de que su padre va a tener una gran ventaja cuando ella se una a la compañía.

Sylvie se rió —. Eso no es lo que quise decir y lo sabes. Veo que te gusta mucho.

El comentario casi derribó a Roman. ¿Era tan obvio?

—Aquí esta —. Serena regresó justo a tiempo, el regalo envuelto en su mano. Suavemente, puso el gran rectángulo plano sobre la mesa —. Tiempo de abrir tu regalo.

Sylvie lo miro ansiosamente —. Creo que sé lo que es. Tiene forma... es la imagen que vi en el Museo Real de Ontario. La que ofrecía un perfil de horizonte. Sé que es ese. Me viste admirarlo y lo conseguiste, ¿no es así?

Serena sacudió la cabeza—. Lo siento, pero no lo es. Espero que aun así te guste este, sin embargo.

Sylvie rió entre dientes —. Estoy segura de que lo hará —. Ella deslizó su dedo bajo el papel en la parte posterior y rápidamente quitó la cinta, luego deslizó el marco de la envoltura. Lo que salió del paquete fue un retrato de carbón en un marco dorado de Sylvie y un guapo hombre sonriendo hacia ella. Los ojos de Sylvie se ampliaron en sorpresa y luego sus labios temblaron y sus ojos se llenaron de lágrimas—. Serena, es hermoso.

—Abuela, estás llorando. ¿Seguro te gusta?

—Me encanta, me encanta. Capturaste el momento maravillosamente —. Sylvie acariciaba suavemente la cara del hombre con sus curtidas manos. Luego se llevó los dedos a los labios —. Este fue un momento que siempre recordaré. Y ahora lo has captado para mí con tus propias manos. Gracias.

— Yo... No podía pensar en qué darte y no podía comprar un bonito regalo como suelo hacerlo así que pensé que tal vez este sería un buen sustituto.

— Este es el mejor regalo que alguna vez podrías haberme dado. No necesito perfumes o joyas costosas. Quiero recuerdos. Quiero algo hecho por ti. Me has dado ambos con este regalo —. Puso el retrato suavemente de nuevo sobre la mesa y luego se levantó y abrió sus brazos. Serena caminó derecha hacia ellos y, con lágrimas en los ojos, las dos mujeres se abrazaron.

CAPÍTULO ONCE

Serena suspiró mientras se deslizaba fuera del coche de Roman. Se sentía feliz, incluso contenta. Había tenido una maravillosa tarde con su abuela y con Roman había sido incluso más divertido. Habían terminado jugando juegos de mesa con Sylvie y cuando Roman empezó a tener una racha ganadora, Sylvie y Serena habían tenido que conspirar contra él para golpearlo. Serena no podría decir cuando había tenido tanta diversión satisfactoria con algo tan simple.

Eran casi las nueve en punto, pero no quería que su día con Roman terminara. Cuando él tomó su mano para ayudarla a salir del coche ella levantó la vista hacia él. Entonces sonrió tímidamente —. ¿Te gustaría venir a tomar una copa?

Roman bajó la mirada hacia ella, su cara parcialmente oculta en las sombras, y por un momento se quedó callado. Luego dijo —: ¿Estás segura? ¿No estás cansada?

—No, estoy bien. ¿Estás cansado?

Roman dejó que sus dedos se deslizaran de su mano y luego se encogió de hombros —. No en absoluto.

—Bien, entonces. Está arreglado —. Serena caminaba delante de él en el vestíbulo, preguntándose donde había encontrado el valor para invitar a su jefe a volver arriba. No fue así horas antes cuando él había venido específicamente para ayudarla con el pastel. Ahora era más como... una cita.

Una vez estuvieron en el apartamento, Serena sintió la pérdida de las palabras. Había invitado a Roman arriba porque había disfrutado de su compañía y quería más de lo mismo, pero ahora se sentía nerviosa. Ella decidió escapar a la cocina —. ¿Quieres un trago? Tengo vino.

—Una bebida estaría bien —, dijo con una inclinación de cabeza —. Vino blanco si tienes.

Serena se apresuró a la cocina, donde sirvió dos copas de vino y las puso en una bandeja de plata. Tomando una respiración profunda se dirigió de nuevo a la sala de estar. «Vamos, Serena, ¿A qué le tienes miedo?» Era ella quien lo había invitado. En el fondo, sin embargo, sabía que lo que más temía. Era a sí misma.

Cuando volvió a la sala, Roman todavía estaba descansando en el sofá como había estado cuando ella se fue, pero esta vez tenía un gran libro en la mano. Estaba profundamente ensimismado y mientras se acercaba Serena vio que el libro en la mano era su viejo álbum de fotos.

Casi dejó caer la bandeja. ¿Dónde había encontrado esa cosa vieja? Y luego recordó. A principios de esta semana había estado buscando una foto de la vieja escuela y la había sacado de su baúl. Debió de haberlo dejado en el nivel inferior de la mesa de café. Y ahora estaba en sus manos.

Podía sentir su rostro caliente con vergüenza. Había sido algo nerd en su juventud, la constante lectura la había obligado a usar unas gruesas gafas a los diez años. A veces es difícil ser hija única y después de la muerte de su madre y su propia pelea con el cáncer se había encerrado más en su caparazón. Había sido una solitaria con los libros como sus únicos amigos. Cuando llegó a la adolescencia había soltado un suspiro de alivio cuando finalmente se le permitió usar lentes de contacto. Y gracias a Dios por la corrección con láser que ella se había hecho tan pronto como se había marchado a la Universidad.

Ahora Serena miraba fijamente a Roman con horror. ¿La había visto en su peor momento? Se estremeció por dentro. Rápidamente, entró en la habitación y dejó la bandeja sobre la mesa de café con un hábil golpe.

— ¿Qué tienes ahí? —, dijo casualmente, preguntándose cómo quitarle el álbum lo más rápido posible sin parecer grosera.

Roman la observó con una sonrisa en su rostro.

No era una buena señal. Probablemente ya había ido a través de todo el lote de fotos.

—Interesante—, dijo, con su mirada enigmática. Su rostro no expresaba nada pero su sonrisa lo decía todo. Había sido descubierta y no en una forma halagadora.

Serena se inclinó y alcanzó el álbum. Grosera o no, era hora de ponerse esa cosa lejos de él —. Voy a guardar eso. Estoy segura de que hay cosas mucho más interesantes que puedes hacer con tu tiempo.

—No, no —, dijo con una sonrisa y lo sostuvo firmemente, negándose a dejar que ella lo tomara de sus manos.

—Pero esas son sólo fotografías. Nada que te gustaría ver —. Ella dio un paso alrededor de la mesa, decidida a recuperar la fuente de su vergüenza. Algunas de las fotos eran tan terribles que el hombre podía chantajearla con ellas si quería.

—Pero lo hago —, dijo en tono de broma y deslizó el libro lejos de ella, sobre el asiento junto a él. Claramente, estaba decidido a seguir hojeando las páginas, dejándola transparente a más y más humillación. Bueno, eso no iba a suceder.

Antes de que pudiera adivinar su intención, Serena tiró del álbum y lo arrebató de sus brazos. Estaba apartándose, decidida a llevar el libro tan lejos de él como fuera posible, cuando sintió las manos como bandas de acero envueltas alrededor de su cintura. Con un tirón él la jaló haciéndole perder el equilibrio entonces ella estaba cayendo hacia atrás, incapaz de evitar aterrizar de lleno en su regazo.

Roman se rió en voz alta mientras el trasero de ella aterrizaba en la dureza de sus piernas vestidas de jean. — ¿A dónde vas?

Se quedó sin aliento, todavía abrazando el álbum de fotos junto a su pecho —. Yo... Sólo quería... —. Se detuvo, incapaz de continuar. Las palabras huyeron de su mente y en todo lo que podía pensar era en la sensación de su dureza a través de la tela de sus vaqueros. No fue sólo los firmes músculos de sus piernas lo que la hicieron retorcerse. Justo donde la curva de su cadera se apoyaba en la entrepierna de él, ella podía sentir la roca sólida de su excitación.

Ahora la sonrisa de Roman había desaparecido y en su lugar había una mirada de pasión tan profunda, tan intensa que Serena agarró el álbum, su escudo, con más fuerza. Pero a él nada de eso lo importaba. Con dedos fuertes Roman sacó el libro de sus manos y lo puso sobre la mesa. Luego, volvió su atención hacia ella.

¿Qué iba a hacer ahora? Era una pregunta estúpida. El golpeteo de su corazón y la opresión en sus pulmones le dijo lo que ella ya sabía. Roman iba a besarla y ella lo quería tanto. Sus pezones se endurecieron en anticipación

A medida que Roman inclinó la cabeza, Serena cerró los ojos y cuando sus labios se tocaron, suspiró. Había estado esperando esto por mucho tiempo. Cuanto lo deseaba.

Mientras se derretía en sus brazos Serena sintió que la mano de Roman se levantaba hasta ahuecar la parte posterior de su cabeza y entonces él estaba en control total, su magistral beso haciéndola jadear en respuesta. Pronto ella lo estaba besando en respuesta, dándole todo lo que daba, toda su cautela tirada por la ventana.

Él deslizó sus labios lejos y ella dio un suave quejido que se convirtió en un gemido cuando él comenzó a mordisquear su oreja. Cuando sus labios se movieron más abajo para hacerle cosquillas en el cuello, ella no podía resistir. Con los ojos cerrados, inclinó su cabeza hacia atrás para darle mejor acceso.

Roman no necesitaba ningún estímulo adicional. Sus labios eran como plumas sobre su piel y luego se detuvo en el valle entre sus pechos, calentando aún más su carne ya caliente. Serena deslizó los temblorosos dedos a través del sedoso espesor de su pelo, presionándolo contra ella, deseando la dulzura de sus labios en su cuerpo.

Roman parecía sentir su desesperada necesidad porque con una mano, comenzó a soltar los botones de su blusa. En cuestión de segundos él había abierto la blusa y sólo el encaje de su sujetador separa su piel de la de ella. Sin dudarlo movió las copas, empujándolas hacia abajo hasta que quedaron debajo de sus senos que ahora empujaban hacia arriba encontrándose con la mirada de él.

Él bajó la cabeza y capturó su pezón derecho entre sus labios y luego lo chupó profundamente en su boca, haciéndola jadear en voz alta. Mordisqueó el capullo y luego lo calmó con la suavidad sedosa de su lengua hasta que sus dedos se rizaron por la sensual caricia. Cuando ella creía que se iba desmayar de placer él pasó al pecho izquierdo y allí continuó su dulce asalto.

Para el momento en que Roman levantó su cabeza Serena estaba perdida en la pasión del momento. Deslizó sus manos alrededor de su cintura y tiró hasta que consiguió que la tela de su camisa saliera de sus pantalones. Lo alzó, dejando al descubierto su musculoso torso a su mirada. Fascinada, pasó las manos por su cuerpo increíblemente hermoso.

Alentada por un gemido involuntario de sus labios, deslizó ambas manos hasta que sus dedos rozaron su pezón. Se endureció en respuesta. Ahora quería darle el mismo placer que él le había dado a ella. Bajó la cabeza y apretó sus labios contra su pecho, cubriendo un pezón con su boca mientras ella rodaba el otro entre sus dedos. Y así como él había hecho, ella chupó la parte sensible de él, mordiendo luego acariciando, hasta que otro gemido escapó de sus labios.

Serena se movió en su regazo, con la intención de llevarlo al límite. Deslizó sus manos por sus costados, sin liberar una sola vez su pezón de sus labios, y luego movió sus manos a través y hacia abajo a la hebilla de su cinturón. Había una audacia que se apoderó de sí, una que nunca había sentido y ella quería más de él... verlo, acariciarlo, conocer cada centímetro de este hombre que había capturado su mente y su alma.

Estaba empujando la correa del cinturón, tratando de pasarla a través de la hebilla, cuando las grandes manos de Roman cubrieron las de ella. Sus manos se detuvieron y ella levantó la cabeza y lo miró a los ojos, tan oscuros e intensos.

—No, Serena. No podemos.

— ¿Q... qué?— ¿Estaba oyendo bien? ¿Quería que se detuviera? No podía decir eso. No cuando ella lo deseaba tanto.

La agarró por los brazos y la movió, deslizándola fuera de su regazo y al asiento a su lado. Arrastró su camisa en su lugar y luego se inclinó y, tranquilo a más no poder, comenzó a botonar la blusa de ella.

Mortificada, Serena arrancó su camisa de sus manos. —Yo puedo hacerlo—, dijo, su voz aguda con humillación. A continuación, más suavemente, en un susurro abatido —, Está bien. Puedo hacerlo sola —. Se giró de espaldas a él para enderezar rápidamente su sujetador y acomodar los botones de la blusa. No podía creer que era rechazada una vez más. ¿Qué había en ella que lo asqueaba? Dio un involuntario lloriqueo, el dolor de su rechazo era como un cuchillo en su pecho.

— ¿Estás bien? — Roman extendió una mano hacia ella.

Ella le apartó sacudiéndose, se levantó y cruzó la sala. Quería llegar lo más lejos de él como le fuera posiblemente. Lo deseaba, pero él no sentía lo mismo. Eso estaba muy claro.

Roman se levantó y terminó metiendo su camisa en sus pantalones. Entonces él la miró y suspiró —. Lo siento, Serena. Eso nunca debería haber ocurrido. Creo que es hora de que me vaya.

Serena se encogió de hombros, fingiendo indiferencia, pero por dentro su corazón se derrumbaba como un castillo de arena ante la lluvia.

Sin otra palabra Roman caminó hacia la puerta y la abrió. Por un momento miró hacia atrás hacia ella. Entonces él se había ido.

Cuando la puerta se cerró detrás de él, Serena regresó al sofá y se derrumbó en un abatido montón. ¡Qué horrible manera de terminar un día hermoso!

CAPÍTULO DOCE

Ir a trabajar ese lunes fue una de las cosas más difíciles que Serena había tenido que hacer. ¿Cómo podría enfrentarse al hombre que le había hecho sentir tan bajo? Desde que se había unido a la compañía semanas antes su vida se había vuelto del revés. ¿A dónde se había ido su arrogancia Van Buren? Incluso ya no se sentía como sí misma.

Dejó escapar un suspiro mientras encendía el computador y sacaba su silla. Gracias a Dios tenía suficiente trabajo para mantenerse ocupada y su mente lejos de su incómoda situación. Tenía que pasar el archivo de la agencia por varias hojas de cálculo y prepararse para una reunión con el gerente de presupuesto. Ahora todo lo que tenía que hacer era ocuparse de su trabajo y permanecer lejos del camino de Roman Steele.

Era casi mediodía cuando Serena fue interrumpida por una voz baja. Era Theresa.

¿Y ahora qué? ¿La mujer llegó para citarla en la oficina de Roman? ¿Sería esto el despido en el que había estado trabajando tan duro para conseguirlo? En vez de llenarla con júbilo el pensamiento, este hizo que su corazón latiera lento con angustia. Su espíritu cayó ante la idea de no volver a ver nunca a Roman. No creía que pudiera soportarlo. A pesar de su angustia puso una cara valiente y le dio a Theresa una sonrisa apretada.

— Sólo pasé para hacerte saber que el señor Steele salió esta mañana para Nueva York.

— ¿Nueva York? —Serena la miró fijamente, aturdida. Había pasado la mayor parte del sábado con ella y no mencionó un viaje a Nueva York. ¿Era esto algo que él se había propuesto en el último minuto para evitarla? — Ya veo—, dijo, su voz baja y controlada.

— ¿Dijo cuándo iba a volver?

— Las reuniones serán hasta el jueves, pero probablemente él estará fuera toda la semana —, dijo Theresa —. Puede que no lo veamos hasta la próxima semana —. Colocó una carpeta en el escritorio de Serena. —Me pidió que me asegurara de que tuvieras esto. Mientras él se reúne con la empresa de investigación del consumidor quería que tú comenzaras el trabajo con los grupos locales. Al parecer este proyecto tiene una estrecha fecha de entrega.

Serena asintió con la cabeza y abrió la carpeta. Era gruesa, llena de lo que parecían hojas de respuesta de cientos de encuestas. Tomaría días poder tabular y analizar esta información para crear un informe significativo. Sin embargo, no había nada como el trabajo para dejar de pensar en tus problemas. Ni siquiera se inmutó cuando Theresa dejó un segundo archivo.

—Está este, también, pero si quieres yo lo reservo hasta que hayas terminado con el primer proyecto—. La mujer parecía realmente culpable.

—No, en absoluto. Prefiero que me des todo a la vez—. Tomó el segundo archivo y le dio a Theresa una sonrisa confiada —. Creo que sería mejor empezar —. Theresa captó la indirecta y se marchó, dejando a Serena mirando la pantalla de su computador triste y solitario. O tal vez era ella quien estaba triste y solitaria. Sacudió la cabeza. «Vamos, Serena. Con Roman o sin Roman tienes trabajo que hacer.» Y por ningún hombre valía la pena estar suspirando. Ciertamente, ningún hombre que sentía que era demasiado bueno.

A pesar de sus problemas, la semana pasó volando. El trabajo era un gran bálsamo para sus heridas y una fuente perfecta de distracción. Finalmente descubrió que estaba empezando a disfrutar de lo que estaba haciendo. Había estado consultando con los jefes de los distintos departamentos y trabajando de cerca con el equipo de desarrollo de productos. Estaba aprendiendo tanto que casi se sentía agradecida con Roman por asociarse con su padre para obligarla a hacer las prácticas.

Casi. Todavía estaba un poco molesta por haber sido obligada a ello, pero aun así tenía que admitir que si ella alguna vez tuviera que trabajar en el negocio de su padre, ésta era casi la mejor preparación que podría haber tenido. Trabajar con equipos multifuncionales fue una verdadera experiencia de aprendizaje y una que abrió su comprensión de la dinámica del equipo y la colaboración.

Antes de que supiera a donde se había ido la semana, el viernes llegó y todavía no había completado el número de proyecto dos. Theresa le contó que Roman había llamado todos los días para revisar el progreso de la asignación, pero nunca había hablado con ella. A pesar de que estaba decepcionada quizá eso era una buena cosa. Después de todo, ¿Qué iba a decirle? ¿O él a ella? Sólo crearía torpeza en ambos lados. Además, la próxima vez que hablara con él quería ser capaz de decir que había completado todos sus proyectos.

Esa noche, cuando todo el mundo estaba feliz porque había llegado el viernes y estaban empacando para irse Serena seguía sentada en su escritorio perseverando. Estaba decidida a terminar la asignación antes de cerrar el fin de semana. Roman llegaría el lunes por la mañana y los informes finales debían estar en su escritorio. Lo que es más, superaría sus expectativas porque había hecho lo posible para que las ilustraciones y los gráficos de la comisión fueran producidas profesionalmente. Incluso había incluido una presentación sobre una idea para una nueva campaña que había tenido, para aprovechar mejor las oportunidades de los medios sociales. Esa era la parte a la que seguía siendo necesario dar contenido. Le tomaría unas horas extra, pero no se estaba quejando. No era como si tuviera que ir corriendo a casa por familiares y amigos. Ahora estaba sola en muchos sentidos de la palabra.

Serena miró el reloj. Seis y veintiuno de la tarde. Si tenía alguna esperanza de abandonar el lugar a las nueve sería mejor que se pusiera manos a la obra.

• • ❧ • •

ROMAN SE RELAJÓ EN el asiento de cuero de lujo de la limusina que lo llevaba desde el aeropuerto de regreso a su oficina. Ya era tarde, lo sabía, y todo el mundo ya se habría ido para su casa. Después de todo, era viernes. ¿Cuál de sus empleados renunciaría a su noche de viernes para trabajar tiempo extra? Eso sería un raro acontecimiento. De hecho, él desalienta ese tipo de cosas. Para él, el equilibrio era importante y el fin de semana era el tiempo para relajarse, con la familia y los amigos.

Por desgracia para él no había familia por la cual correr a casa. A lo único que se apresuraba era a una enorme suite pent-house, vacía y recién limpiada en anticipación de su regreso. Su ama de llaves habría dejado todo impecable y una comida caliente estaría esperándolo. ¿Pero de qué alegrarse cuando la comería solo?

Por eso en lugar de partir para su casa se fue directamente a la oficina. No tenía intención de permanecer allí hasta tarde. Consultaría algunos archivos y luego estaría en camino.

Se sorprendió cuando se encontró con el jefe de seguridad en el lobby y se enteró de que el edificio no estaba tan vacío como él había previsto. Un trabajador diligente, como el hombre dijo, seguía perseverando en el sexto piso y eran casi las 9 de la noche. Era Serena Van Buren.

Ante las palabras del hombre, Roman frunció el ceño. ¿Serena? Era la última persona que él esperaría que estuviera trabajando hasta esta hora un viernes por la noche. Sabía que había dejado bastante trabajo para que hiciera en su ausencia, pero no tanto como para que tuviera que renunciar a su fin de semana. Tendría que ver cómo estaba. Había evitado deliberadamente hablar con ella mientras estuvo ausente en su viaje de negocios. Quería darle su espacio, el tiempo para recuperarse de ese infeliz incidente en su apartamento. Pero ya no había forma de evitarlo.

Roman se sorprendió cuando llegó al sexto piso, estaba totalmente en silencio. Esperaba escuchar por lo menos el zumbido de los equipos, el golpear ligeramente de los dedos en un teclado o una impresora en movimiento. Pero no había nada excepto el inquietante silencio de una oficina desierta. El guardia de seguridad debe haber estado equivocado. O ella ya había salido.

Roman decidió continuar su camino a su oficina en el décimo piso. La puerta estaba entreabierta y la empujó abriéndola con el pie mientras comenzaba a aflojar su corbata. Estaba a punto de lanzar su maletín en el sofá cuando se congeló. Serena estaba allí, profundamente dormida, su cabeza apoyada en el brazo del sofá, su largo cabello oscuro caía en cascada casi hasta llegar al piso. Su rostro, libre e inocente, estaba enrojecido en el sueño y sus largas pestañas formaban medias lunas que se desplegaban sobre su suave piel. En su regazo tenía una carpeta y él podía adivinar lo que había sucedido. Probablemente había ido a su oficina a dejar los informes que había solicitado y había encontrado el sofá demasiado difícil de resistir, entonces el sueño la había inundado.

Durante mucho tiempo Roman se quedó observando la visión de la belleza que tenía delante. La deseaba tan desesperadamente que podía saborearlo. Finalmente, incapaz de resistir, extendió una mano y tocó la suave delicadeza de su pelo. Levantó un zarcillo hacia su cara y fue entonces cuando ella se despertó.

Los párpados de Serena se agitaron luego, lentamente, sus ojos se abrieron —. ¿Roman? ¿Qué? ¿Dónde? — Claramente desorientada, ella trató de levantar su cabeza y luego se sentó de nuevo y gimió. Levantó una mano y se frotó la parte posterior de su cuello. Entonces parpadeó hacia él como un gatito muy soñoliento.

Roman se rió entre dientes, luego extendió la mano y suavemente la ayudó a ponerse de pie. Ella sofocó un bostezo y luego se estiró, casi involuntariamente, y balanceó su cuerpo. Podía ver que estaba todavía medio dormida. Alargó la mano para estabilizarla y antes de que pudiera detenerla estaba descansando en él, sus suaves curvas moldeadas en él. Se sentían bien.

Sus brazos rodearon su cintura mientras la sujetaba, así no caería y entonces ella estaba presionando su cuerpo en el suyo. Apoyó la cabeza sobre su pecho y dio un suave suspiro, después comenzó a mover sus labios contra la tela de su camisa, en busca de la protuberancia endurecida de su pezón. Su ingle se apretó en respuesta. La pequeña descarada lo estaba volviendo loco.

Sabía que debía detenerla pero cuando ella deslizó sus manos por su cuerpo y comenzó a soltar los botones de su camisa no lo hizo. Durante toda la semana había estado muriendo por esto, por el calor de su cuerpo, la suavidad de sus dedos, la caricia de sus labios. Toda la semana había estado reviviendo esos preciosos momentos cuando ella le respondió con una seductora inocencia que había encontrado tan difícil de resistir. Y ahora ella estaba en sus brazos.

Serena había abierto cinco de los botones y estaba tirando de la corbata para aflojarla. Él extendió la mano para ayudarla. En un rápido movimiento se la quitó y la arrojó sobre la mesa.

Entonces ella bajó la cabeza, y al igual que había hecho días antes, presionó sus labios en el pecho y capturó su sensible pezón entre afilados dientes blancos, enviando ondas de choque rasgar a través de su cuerpo. Roman ahuecó la cabeza de ella con su gran mano, deleitándose con el placer que ella le estaba dando con sus labios, encendido por sus suaves suspiros y gemidos. En un último esfuerzo de resistencia gruñó, luego besó la parte superior de su cabeza y capturó las manos que acosaban su cinturón.

—Serena—, murmuró, su voz ronca y tensa, incluso a sus propios oídos, — ¿Estás segura de que quieres hacer esto?

En respuesta, ella besó el centro de su pecho y suspiró —. Roman —, susurró, con su voz sin aliento —, He querido esto desde el día que te conocí —. Envolvió sus brazos alrededor de su cintura desnuda y presionó su cuerpo contra el suyo —. Por favor no me rechaces de nuevo.

¿Rechazarle? ¿De qué demonios estaba hablando ella? ¿Cómo iba a rechazar una flor tan delicada, pero tan terriblemente tentadora? Había estado haciendo todo lo posible para resistirse a sus preciosos encantos, pero no sirvió de nada. Ella misma se estaba ofreciendo a él y su cuerpo estaba clamando por el de ella. Tenía que poseerla.

Roman se quitó la chaqueta y se abrió al resto de los botones de su camisa. La tiró al suelo. Luego, volvió su atención a la pequeña descarada recostada en el sofá, sonriendo soñadoramente a él. No había ninguna duda en sus ojos, ni temor, ni incertidumbre. En cambio, lo que vio fue la intensidad de su deseo, un deseo que parecía coincidir con el ansia que él sentía. Podía verlo. Ella lo deseaba tanto como él la deseaba.

Antes de que pudiera moverse para ayudarla, Serena comenzó a desvestirse. Su chaqueta y blusa estaban fuera en cuestión de segundos y luego deslizó su falda hacia abajo por sus piernas. Entonces se echó hacia atrás vestida sólo con un sujetador de encaje negro y bragas a juego. Era hermosa.

Roman se sentó en el sofá y bajó su cabeza a la plenitud de sus pechos. Besó la cima de los suaves montículos y lamió la caliente carne hasta que Serena gimió y arqueó la espalda, jadeando por más. Esta vez Roman no quería nada entre ellos. Él deslizó sus manos en su espalda y abrió el sujetador y lo dejó caer en el piso al lado de ellos. Sus pechos, tan llenos y redondos, cremosos montículos de deliciosa carne, estuvieron libres a su mirada. Las deliciosas cerezas color rosa en sus senos le hicieron agua la boca.

Serena no mostró una onza de timidez. Parecía deleitarse con su mirada de admiración. Sus labios se curvaron hacia arriba en una dulce sonrisa de satisfacción y, entonces ella dio el siguiente paso, levantó sus caderas y enganchó sus dedos en los lados de sus bragas. Deslizándolas por sus largas y esbeltas piernas, ni una sola vez dejó de mirarlo a la cara. Ahora, totalmente desnuda, se recostó en el sofá y lo miró expectante.

Roman no necesitaba ninguna otra invitación. Rápidamente, desabrochó el cinturón y se quitó los pantalones, calcetines y zapatos y entonces estaba de pie, desnudo y excitado delante de ella.

Por un breve momento vio lo que parecía el miedo en los ojos de ella. Sus ojos se ampliaron cuando cayeron sobre su virilidad, hinchado y listo, pero entonces ella miró de nuevo hacia él, y en lo profundo de sus ojos, no había ninguna ansiedad más allí. Todo lo que Roman podía ver era el deseo que ardía con una intensidad que alimentó su propio deseo.

Roman fue a ella, cubriendo su suave cuerpo con el suyo. Presionó sus labios en los de ella y cuando ella los abrió como una flor los capturó, con su lengua y la besó con una pasión que no había sentido en años. ¿Qué había en esta pequeña descarada que le hacía perder el control? El sabor de su boca, la sensación de sus suaves senos contra su pecho, la caricia de sus brazos mientras se envolvía alrededor de él, la suavidad de sus piernas cuando las levantó y las envolvió alrededor de su cintura. Todo era demasiado. Todo lo que quería hacer era enterrarse a sí mismo dentro de esta dulce y seductora sirena, y conducirla hasta que llegaran al borde y al límite.

A medida que el beso se profundizaba, Roman situó sus caderas sobre las de ella y cuando ella las abrió para recibirlo, la penetró, presionando su hombría en su núcleo.

De repente, ella se puso rígida y gimió en su boca. Entonces se aferró a él como si nunca lo fuera a soltar.

Roman avanzó y luego lo sintió... una resistencia que le dijo que esta chica era virgen. ¿Qué diablos? Demasiado tarde, Roman se dio cuenta de que no se trataba de ninguna sirena en sus brazos, sino de una niña inocente jugando a 'mujer'.

Demasiado tarde. Era su cuerpo el que ahora estaba a cargo. No había vuelta atrás. Sus rápidas embestidas le arrastraron sobre el borde y luego explotó, derramando su semilla en el interior de la joven que se retorcía y gemía en sus brazos.

Y entonces, ella también estaba allí, cabalgando hacia las olas de éxtasis en su propio pico, gritando su nombre mientras su sexo alcanzaba su plenitud y pulsaba alrededor de esa parte de él que se presiona dentro de su núcleo.

Tardó unos minutos para su rápida respiración se volviera lenta y sus cuerpos volvieran a la calma. Durante ese tiempo Roman sostuvo a Serena en sus brazos, su cuerpo inmóvil, pero su mente corriendo.

¿Qué acaba de hacer?

CAPÍTULO TRECE

Lentamente, Roman liberó a Serena de sus brazos y se levantó del sofá, frunciendo el ceño en auto disgusto. Acababa de desflorar a una virgen, a la hija de un hombre que se la había confiado a su cuidado. Negó con la cabeza, sintiéndose inferior a una serpiente arrastrándose por el suelo. Había sido tan enérgica, parecía tan segura de sí misma. Había pensado que era experimentada.

Con una maldición recogió su sujetador y bragas del suelo y las dejó caer sobre su vientre. Entonces, todavía sin mirarla, se puso sus bóxers y pantalones y apresuradamente arrastró el resto de su ropa. La corbata la metió en su bolsillo.

Se giró hacia Serena. Ella no se había movido. Simplemente yacía allí, desnuda y sonrojada, mirándolo con ojos enormes. Se veía tan triste, tan inocente, que la auto recriminación que sentía era como un cuchillo rasgando en su intestino.

— ¿Por qué no me lo dijiste?— ladró, frunciendo el ceño hacia ella. Apretó los puños a su lado. En ese momento sentía ganas de sacudirla, estaba tan enojado. ¿Por qué callaría ella algo como eso de él? Si él lo hubiera sabido nunca ni en un millón de kilómetros se habría acercado a ella —. ¿Por qué no me dijiste que eras virgen?

Entonces Serena se movió. Su boca se fijó en su clásico puchero, el que él había encontrado tan atractivo el día que se conocieron, el que había sido su perdición.

En un fluido movimiento se deslizó fuera del sofá y se puso sus bragas. Entonces ajustó su sujetador cerrándolo, luego se enderezó en toda su altura, apenas por debajo del pecho de él. Ella lo miró fijamente todavía sin decir una palabra, se dio la vuelta y se inclinó para recoger la blusa y la falda, dándole una deliciosa vista de su coqueto trasero. Su virilidad se agitó en sus pantalones. Él gimió. Incluso ahora su cuerpo le estaba traicionando.

Serena se vistió rápidamente y sólo entonces lo vio a la cara, sus ojos azules destellando con ira —. ¿Por qué debía decirte? ¿Para qué pudieras rechazarme otra vez? Eso es lo que te gusta hacer, ¿no?

— ¿De qué estás hablando? — Roman movió la cabeza en señal de frustración. La chica no tenía sentido. ¿O lo tenía? En su apartamento esa noche ella fue quien hizo el primer movimiento. Era virgen y sin embargo ella había jugado el papel de tentadora tan bien. Receloso cuando un nuevo pensamiento vino a él. ¿Tenía una segunda intención? Tenía que saber.

—Tú... ¿quieres quedar embarazada? ¿Pensaste que no usaría protección?

Serena parecía aturdida —. ¿Eso es lo que piensas? ¿Qué quiero quedar embarazada? ¿Crees que quiero atraparte con un bebé?

Roman dio una áspera risa, por su mirada de indignación —. ¿No es eso lo que las mujeres hacen todo el tiempo?

Serena abrió la boca y antes de que él supiera su intención lo abofeteó en la mandíbula. Duro.

. . ⁓ . .

SERENA TROPEZÓ HACIA atrás, su palma picando por el golpe que le acababa de dar a Roman. Con el corazón desbocado, sólo podía mirar su atronador rostro con los ojos muy abiertos. ¿Que había hecho? Su violenta reacción fue un obvio golpe para él, pero era incluso más una sorpresa para ella. Nunca había golpeado a nadie en su vida.

Roman se quedó allí, con las manos en puños a los costados, dibujado en su rostro un peligroso ceño. Parecía dispuesto a retorcerle el cuello.

Serena tembló en anticipación de su ira. Las palmas mojadas de sudor nervioso, el corazón latía con fuerza en sus oídos, se mordió el labio tembloroso y esperó a que el hacha cayera.

Entonces repentinamente y para su total confusión, el ceño de Roman dio paso a una extraña mirada. ¿Arrepentimiento? ¿Dolor? Ella no podía saber. Ni tuvo la oportunidad de descubrirlo. Sin una palabra él recogió su chaqueta del piso y avanzó hacia la puerta, dejándola allí boquiabierta en medio del cuarto. Cuando cerró de golpe la puerta detrás de él fue con una explosión final que la dejó abatida y agotada.

Toda la tensión que dejó entonces a Serena. Su cuerpo cedió y ella se desplomó en el sofá, sintiendo la fuerza de dejar su cuerpo. Roman se había ido. Y esta vez sabía que no era sólo de la habitación, era de su vida.

CAPÍTULO CATORCE

Después de que Roman se fue, Serena se quedó un largo tiempo, totalmente disgustada consigo misma. Había sido estúpida por pensar que un hombre como Roman Steele podría tener algún interés en ella. Por supuesto él querría a una mujer de mundo. Por supuesto que él querría alguien que igualara su nivel de experiencia. Para él, ella debió parecer una novata. ¿Por qué iba a tener tiempo para alguien como ella?

Serena suspiró y apoyó su barbilla en sus manos ahuecadas. ¿Por qué había permanecido en la oficina trabajando tan tarde un viernes por la noche? Si no lo hubiera hecho, nada de esto habría sucedido. Pero en el fondo, se dio cuenta, ella sabía lo que estaba haciendo. Había trabajado hasta tarde en la noche porque quería impresionar a Roman. Quería tener el informe terminado y perfecto y descansando en el escritorio de él cuando volviera de su viaje. Y ahora comprendió, ella esperaba que tal vez, sólo tal vez, él viniera a la oficina esa noche y la encontrara allí.

Serena levantó su rostro de entre sus manos. La revelación la golpeó como una bofetada en la mejilla. Siempre había sabido que quería a este hombre pero ahora sabía sin duda que estaba enamorada de él.

La idea la deprimió aún más. Estaba enamorada de un hombre que no la quería. Ni siquiera la quería como ella deseaba. Eso había sido evidente al haberse ido tan rápido.

Gimió. ¿Cómo podía haber caído enamorada del único hombre que había conocido que no estaba derrumbándose sobre sí mismo para impresionarla? ¿Cómo podría ella estar enamorada de un hombre que la miraba fijamente con una expresión de disgusto?

No sabía cómo podría haber caído enamorada del peor hombre que ella alguna vez podría haber elegido. Una cosa que sabía a ciencia cierta, sin embargo: Roman Steele jamás debía saber lo que ella siente por él.

• • ✺ • •

— ¿SERENA, ESTUVISTE allí seis semanas y me estás diciendo que has aprendido todo lo puedes?— La voz de Richard era afilada con la molestia —. El plan era que tú estuvieras allí durante seis meses, no semanas.

— Lo sé, papá —, respondió Serena, tratando de mantener su voz tranquila y relajada —. Pero he aprendido mucho en el tiempo que he estado aquí. Creo que es hora de que me una a ti y aprenda sobre la empresa familiar.

—Tendré que hablar a Roman de eso —. Richard sonaba sin estar convencido —. ¿Esto es algo que ambos acordaron?

—No exactamente —, dijo, su voz vacilante —. Pero estoy segura que estará de acuerdo de que es tiempo que yo siga adelante.

Por un momento hubo silencio. Luego Richard habló —. Está bien, voy a llamarlo. Pero quiero que comprendas que si decides romper la pasantía y empezar a trabajar conmigo las mismas reglas se aplican. Vas a estar aquí para trabajar, no para jugar.

—Entiendo —, respondió Serena, su voz tenue. Se sentía un poco herida por la declaración de su padre, pero ¿cómo podía culparlo? Su historia no había sido una de dedicación e interés en nada que ver con el negocio familiar.

Ahora, sin embargo, las cosas habían cambiado. Realmente había aprendido mucho de Roman y también había aprendido mucho sobre ella. Para su sorpresa había disfrutado del mundo de los negocios, ideando nuevos conceptos de productos, llevándolos de la semilla de una idea hasta el nacimiento en el mercado. Roman le había abierto los ojos a sus habilidades y dado una nueva confianza en sí misma. Ni una sola vez había expresado duda debido a su falta de experiencia. Por el contrario, la apoyó en cada paso del camino, ofreciéndole diversas oportunidades para utilizar sus talentos, haciéndola sentir socia. Lástima que él no hubiera encontrado en su corazón amor para ella.

Sacudió la cabeza. Era inútil pensar en Roman ya. Ya era hora de salir y seguir adelante —. Estoy lista para unirme a ti, papá— dijo, su voz fuerte con determinación —. Iré de inmediato si lo aceptas.

Serena no se sorprendió cuando su padre la llamó entrada la tarde para decirle que Roman había acordado que ella había aprendido lo suficiente de él y que estaba lista para pasar a la empresa familiar. No, ella no se sorprendió, pero no pudo evitar sentirse herida al ver que él no había hecho ningún esfuerzo por conservarla. Su padre lo hizo sonar como si Roman no hubiera cuestionado incluso su decisión de seguir adelante. Ella suspiró. Probablemente estaba contento de ver que ella se había ido.

El día que empacó sus cosas y se fue de las oficinas de Industrias Steele, Roman no estaba a la vista. Ni siquiera había tenido la gentileza de venir y desearle lo mejor. Obviamente, era de tan poca importancia que él no podía ni siquiera perder el tiempo para ofrecerle un adiós. Bueno, si él no estaba pensando en ella, entonces ella ciertamente no pensaría en él. Al menos, eso fue lo que se dijo. Es más fácil decirlo que hacerlo.

Serena empezó en Van Buren y Asociados a la mañana del siguiente lunes. No hubo ninguna fanfarria por su llegada y no lo esperaba. Fue tratada como un empleado regular, le instruyeron ejecutar trabajos según la fecha límite al igual que todos los demás.

Finalmente, cuando aprendió más sobre el negocio empezó a tomar más iniciativa. Le pidió a su padre que le permitiera trabajar más estrechamente con los responsables de cada departamento para poder aprender tanto como fuera posible en el menor tiempo. Pasó unos días en la planta de fabricación, trabajando con el Gerente de Operaciones, luego con el Gerente de Ventas que trabaja en el campo y luego con el director de mercadeo de la Agencia de Publicidad.

Todas las noches volvía a casa sintiéndose satisfecha con un día bien aprovechado, sabiendo que pronto se convertiría en un activo valioso para su padre. Sería una de las pocas personas en la empresa con una amplia base de conocimiento, cubriendo todos los aspectos operacionales de la compañía.

A pesar de todo, sus noches terminaban con una sensación de desaliento. No podía sacar a Roman Steele de su mente. Siempre estaba en sus pensamientos, pero ¿Estaría él pensando en ella, también? Lo dudaba.

A veces se pregunta si ella había cometido un error al declinar la oferta de su padre de mudarse de nuevo a casa. No, se dijo. Necesitaba este sentimiento de independencia. Era parte de crecer. Incluso le recordó el discurso que le había dado sobre el presupuesto. ¿Cómo aprendería ella si no tenía que vivir bajo sus propios medios? Y así ellos habían acordado que, al menos por un año, seguiría siendo una empleada asalariada y responsable de sus propias cuentas. Estaría al frente de la corporación un día. Esto era sólo otra parte de su preparación para ese día.

El inconveniente era que se quedaba sola cada noche sin nadie con quien hablar, nadie reinaba su mente que vagaba constantemente a un hombre que parecía interesarse menos en ella.

¿Y de qué servía tener amigos si estaban al otro lado del mundo? Serena suspiró y cogió el teléfono. Llamaría a la única persona en el mundo que sabía siempre podía hablar, no importaba cuál fuera la hora del día.

Sylvie cogió el teléfono al tercer timbrazo —. ¿Hola?—Su voz era brillante y alegre, sin importar que fueran casi las once de la noche.

— ¿Abuela, puedes hablar? — Serena trató de mantener su voz ligera y feliz, pero existía un temblor que debió de haberla delatado.

— ¿Estás bien?— Había un mundo de preocupación en la voz de Sylvie.

— Estoy bien—, respondió con un suave suspiro —. Sólo necesito hablar.

— Es sobre Roman, ¿no?

Serena mordió su labio —. ¿Cómo lo sabes?

Sylvie se rió suavemente por el teléfono —. Te conozco, Serena. Tu padre me dijo acerca de tu repentina salida de

Industrias Steele. Eso sólo podría significar una cosa. Tuviste una pelea con Roman. Y no tuvo nada que ver con el trabajo.

— Pero, ¿cómo puedes saber?

—Hija, soy una mujer con varias décadas por encima de ti. Sé cuándo un hombre está implicado —. Luego su voz se volvió grave —. Quería preguntarte sobre esto pero no quería ser una mamá gallina entrometida. Es tu vida y tengo que permitirte aprender a tu propio ritmo. Sabía que ibas a venir a mí cuando estuvieras lista —. Por un momento Sylvie guardó silencio. Luego dijo, — ¿Quieres hablar?

La pregunta abrió las puertas para Serena. Sin decirle nada a su abuela reveló como por primera vez en su vida se había enamorado de un hombre que, irónicamente, no sentía lo mismo por ella.

Sylvie dio una suave risa —. Ahora ya sabes cómo se sintieron esos hombres, los que descartaste tan fácilmente.

Serena suspiró. No era divertido cuando el zapato estaba en el otro pie.

—Pero ¿cómo sabes que él no te quiere, también?— preguntó Sylvie.

— ¿Cómo podría? Él me rechazó.

— ¿Lo hizo? ¿O tú te marchaste?

¿Qué clase de pregunta era esa? Ella se había ido porque él le había rechazado. ¿A dónde quería parar su abuela? — Él fue quien...

— ¿Qué tanto quieres esto, Serena?— preguntó Sylvie, interrumpiéndola —. ¿Le has hecho saber cómo te sientes?

¿Qué había hecho? ¿Acaso no había hecho lo suficiente? Estaba a punto de decirle a su abuela cuando las palabras se hundieron. Ella, más que nadie, sabía cómo de fugaz era la vida.

Sólo había tenido a su madre los primeros seis años de su vida. Casi perdió su vida dos años más tarde. Si quería algo en la vida que tenía que actuar con decisión y actuar ahora. La vida pasaba volando mucho más rápido de lo que se piensa.

¿Podría permitirse el lujo de negarse la felicidad la vida podía ofrecer? No, no podía. No lo haría. Aun a riesgo de ser rechazada necesitaba saber con certeza. Tenía que ver a Roman una vez más.

· · ✿ · ·

ROMAN LEVANTÓ LA COPA a sus labios y tomó un sorbo de Bacardi mientras sus ojos se deslizaban por la habitación. Había hermosas mujeres por todos lados, todas presentes en el lanzamiento de la línea de productos Encantada. Los miembros de la prensa se arremolinaban con cámaras colgando de las correas alrededor de sus cuellos. Las modelos se pavoneaban delante de ellos, posando para fotos.

Sin embargo cuando sus ojos recorrieron la habitación, había una mujer, sólo una quien deseaba que llenara su visión. Pero ella no estaba en ninguna parte para ser encontrada.

Le había pedido a Theresa que enviara invitaciones a Richard y Serena. Richard estaba allí, pero había venido solo. La decepción por la ausencia de Serena era amarga en la lengua de Roman.

No podía creer que él, un hombre tranquilo y sereno de la madura edad de treinta años, había sido abatido por un desliz de una chica. Por mucho que lo intentara, no podía sacarla de su mente. Serena había entrado en su vida, agarrado su corazón y luego se había alejado... llevándose su corazón con ella. Pero sea cual sea el costo - su amistad con Richard, su orgullo o su desdén - él tenía que verla de nuevo.

CAPÍTULO QUINCE

La mañana siguiente no llegó lo suficientemente rápido para Roman. Ahora que había tomado la decisión de actuar él quería moverse de inmediato. Él mismo se había golpeado en las últimas semanas desde que Serena se fue. Sabía que él era quien la había impulsado a alejarse y se sentía como un canalla por tratarla de esa manera. Aun así, lo justifica con la idea de que todo fue para mejor.

La culpa le estaba comiendo. ¿Cómo podría explicar sus acciones a Richard? ¿Aceptaría el hombre que él se había enamorado de su hija? Ni el mismo se lo creía. Nunca había creído en el amor a primera vista, pero allí estaba, víctima de lo que había ridiculizado.

Y luego estaba la cuestión de su diferencia de edad. ¿Estaría Serena recién salida de la Universidad, realmente interesada en él?

Estas eran las preguntas que se encerraban en su mente, inmovilizándolo cuando lo único que quería hacer era encontrarla y hacer el amor con ella.

Ahora empujó esas preguntas a la parte posterior de su mente. Iba a tragarse su orgullo, sus dudas y la buscaría. Si ella lo abofeteaba y le decía que nunca le contactara entonces él tendría que entender eso. Pero tenía que saber lo que verdaderamente sentía.

Se inclinó hacia adelante y alcanzado a través de su escritorio el receptor del teléfono. Antes de que pudiera cambiar de opinión marcó el número de Van Buren y Asociados.

Tardó unos segundos para que alguien contestara el teléfono y le informaran que la Sra. Van Buren no estaba en la oficina. Él no quería esperar hasta mañana para hablar con ella. Se desplazó a través de su teléfono y encontró su número de teléfono celular. Marcó. Se fue directo a correo de voz. ¿Y ahora qué?

Se quedó mirando el teléfono, sumido en sus pensamientos. Tal vez esto simplemente no estaba destinado a ser. Luego sacudió la cabeza. No, él no se rendiría tan fácilmente. Se levantó, alcanzó su chaqueta y agarró las llaves de su coche. Tenía que encontrarla.

• • ❧ • •

SERENA SUBIÓ A SU PORSCHE amarillo, un regalo de graduación tardío de su padre y salió rápido del estacionamiento de su complejo de apartamentos. Ahora que había ordenado su mente nada iba a detenerla.

Estaba en camino a la oficina de Roman. No tenía ninguna cita, pero estaba decidida a verlo hoy. Tenía que oír de sus propios labios lo que él sentía por ella.

Serena montó el ascensor al décimo piso donde se encontró, como era de esperar, con Theresa. Se sorprendió cuando la mujer la saludó con una sonrisa.

— Me alegro de verte de nuevo—, dijo cálidamente, luego le dirigió una mirada de curiosidad. — ¿Estás aquí para ver al Sr. Steele?

—Sí, ¿cómo adivinas? — dijo Serena descaradamente, entonces sonrió hacia ella, realmente aliviada con el agradable comportamiento de la mujer. Tal vez, ahora que ella estaba fuera del escenario, Theresa había bajado la guardia —. ¿Está dentro?

Theresa sacudió la cabeza —. Lo siento. Salió corriendo de aquí hace media hora. Dijo que había algo urgente que tenía que hacer.

El corazón de Serena se hundió. Había pasado varios minutos preparándose para esta reunión con Roman, instruyéndose a sí misma en lo que decía. Ahora que ella estaba ansiosa Roman había desaparecido. Ella quería salir mientras tenía el valor. ¿Después de hoy su miedo la alejaría?

Ocultando su decepción tras una brillante sonrisa, Serena le agradeció a Theresa —. Por favor, hágale saber que pasé por aquí —, dijo mientras se dirigía hacia el ascensor.

Abajo, en el estacionamiento, Serena se sentó en su coche durante cinco minutos, luchando contra las ganas de llorar. Quería resolverlo. Simplemente no podía continuar así. Pero él no estaba aquí así que no importaba lo que ella quisiera no había nada que pudiera hacer.

Tomando una respiración profunda, dio vuelta a la llave de encendido. Tenía que salir de allí antes de que se rompiera por completo. Puso el vehículo en reversa y comenzó a retroceder de su lugar al lado de un gran Dodge Ram negro.

Hubo una fuerte explosión. Serena gritó y pisó los frenos. Entonces giró la cabeza. Había chocado con un coche negro y elegante.

—Oh, no, — susurró. ¿De dónde diablos había venido eso?

No había visto ni escuchado nada. Probablemente había estado demasiado distraída. Y ahora había destruido el coche de alguien. ¿Qué pasa si alguien estaba herido?

Serena abrió la puerta y saltó corriendo hacia el coche. Ni siquiera miró los dañados del vehículo. En cambio, voló hasta el asiento del conductor. Lo único que ella podía pensar era, « Por favor que nadie esté lastimado. »

Al llegar a la puerta del Mercedes Benz negro ésta se abrió y un hombre alto de pelo oscuro en un traje azul marino salió. Serena abrió la boca.

— ¿Roman?

— Serena.

— ¿Qué haces aquí? — Ambos soltaron estas palabras, cada uno dando un paso hacia el otro y luego se detuvieron a dos pies de distancia.

— He venido a verte —, dijo Serena, su corazón golpeando violentamente.

Sólo la visión de él, la forma en que un descarriado rizo negro había caído sobre su frente, hizo que su cuerpo cosquilleara en la respuesta. El recuerdo de sus manos, sus labios sobre su cuerpo, las imágenes empezaron a inundarla, una oleada de calor llego a su cara. Incluso en la confusión del accidente él se veía perfecto.

—Y te fui a ver —, dijo con sus labios curvándose en una sonrisa torcida. Ante su mirada de confusión continuó —, pensé que estarías en tu apartamento. Cuando no te encontré allí me decidí a volver a la oficina e intentar llamarte más tarde.

— ¿Me estabas buscando? — La voz de Serena fue un susurro sin aliento. ¿Se atrevió ella incluso a pensarlo? ¿Roman la había extrañado al menos la mitad de lo que ella lo había echado de menos?

—Sí —, dijo y esta vez cuando bajo la mirada, la sonrisa desapareció y había una mirada seria en su rostro —. Serena, este no es ni el momento ni el lugar, pero hay algo que tengo que decirte.

— ¿Sí? —Ella contuvo el aliento mientras lo miraba fijamente a los ojos. Por primera vez vio la incertidumbre en sus ojos. Roman se acercó y tomó sus dos manos entre las suyas. Él la atrajo a la sombra del carro —. Sé que he sido un idiota estas últimas semanas.

— ¿Estas últimas semanas?

Él se rió —. Está bien, desde que nos conocimos. Pero fue por una buena razón. O pensé que era una buena razón en ese momento —. Tomó una respiración profunda —. Desde el primer día que nos conocimos...Me enamoré de ti.

El corazón de Serena se disparó. Dio un paso más cerca —. Pero... ¿por qué seguías rechazándome?

—Había tanto que se interponía entre nosotros. Yo era tu jefe...

— ¿Y?

—Vamos, Serena. ¿Cómo crees que se habría visto? — Roman le dio su sonrisa distintiva, torcida y cautivadora —. Y recuerda que tu padre te había dejado a mi cuidado. Todavía no sé cómo voy a tratar esto con él.

Serena dio un paso más cerca hasta que estuvieron a sólo un pelo de distancia —. Confía en mí —, susurró —. Él ya lo sabe. Cuando fui corriendo a verlo sé que supuso que había un hombre involucrado. Él me conoce. Ese hombre sólo podrías ser tú.

Román se rió entre dientes y sacudió la cabeza —. Y luego nuestra edad.

Serena frunció el ceño —. ¿Qué pasa con nuestra edad?

— Soy nueve años mayor que tú.

Serena se echó a reír —. ¿Eso es todo? Pensé que estabas en los cuarenta.

Roman bajo la mirada hacia ella, pero había una enorme sonrisa en su rostro —. ¿No te importa mi edad?

Serena deslizó sus brazos alrededor de su cintura —. Me encanta. ¿Por qué crees que nunca me involucré con un hombre de mi edad? Demasiados inmaduros. ¿Ahora tú? Eres lo suficientemente viejo para que emparejes con mi madurez.

Ante aquel comentario Roman se rió a carcajadas —. ¿Así que he hecho un buen trabajo domando a la princesa?

—Has hecho un trabajo excelente —, susurró, sonriéndole —. Un trabajo que espero, nunca termine.

—No temas, pequeña —, dijo Roman suavemente mientras miraba profundamente en sus ojos —. Me tienes para toda la vida.

Y allí en el estacionamiento, a la vista de cualquier persona que deseara ver, Roman envolvió sus brazos alrededor de Serena y le dio un beso que le dijo sin lugar a dudas lo que él quería decir con cada palabra.

EPÍLOGO

Serena se despertó en el día más hermoso de primavera que jamás había visto. También era el día más feliz de su vida. Hoy se casaría con el hombre que había capturado su mente, su corazón y alma.

Saltó de la cama y corrió hacia la ventana para respirar el perfume de las flores bajo su ventana. Simplemente delicioso.

Serena sonrió mientras miraba por la ventana de su dormitorio. Se había mudado a casa para pasar tiempo con su padre antes de la boda, pero anoche fue el último día que pasó bajo este techo como Serena Van Buren. Al final del día sería Serena Steele.

Se inclinó por la ventana para obtener una mejor visión del césped. Los decoradores ya estaban afanándose, asegurándose de que el enrejado y las guarniciones estuvieran en orden. Sería una boda al aire libre justo en el jardín, donde solía jugar con su madre.

Tal vez su madre la miraría hoy y le enviaría su bendición con la brisa por la boda.

Alguien llamó a la puerta y Serena se dio la vuelta para ver a su padre asomándose furtivamente — ¿Estás lista para tu gran día, princesa?

— Siento como si hubiera estado preparada toda mi vida. —Fue hasta él y caminó en sus brazos. Cuando él la soltó del abrazo ella vio que sus ojos brillaban con lágrimas no derramadas.

—Tu madre sería tan feliz —, dijo, mirándola con una sonrisa —. Tomaste una excelente opción como marido.

Los ojos de Serena se ampliaron —. ¿Lo hice? ¿Seguro que no estás molesto?

— ¿Molesto? — Richard se echó a reír —. Yo no podía haber hecho una mejor elección. De hecho, hay algo que debo decirte —. Sus ojos brillaban con picardía —. Estaba esperando este resultado todo el tiempo. Sabía que si había un hombre que pudiera traer a la mujer de mi niña, seria Roman Steele.

—Papá, ¿tratabas de emparejarme con Roman? — Serena hizo un puchero, pero una sonrisa le hacía cosquillas en los labios, lo que hizo evidente su alegría.

—No, pero me gustaría pensar que tu madre tuvo que ver en esto. Hoy más que nunca siento su presencia y creo que ella está sonriendo.

Serena sonrió a su padre y fue su turno de parpadear para contener las lágrimas de felicidad —. La siento también, papá. Y sé que hoy en el jardín ella estará ahí conmigo mientras doy este gran paso.

Entonces, cuando las aves silbaron en el árbol fuera de su ventana, Serena se giró y miró la salida del sol en el brillante cielo azul —. Gracias, mamá —, susurró —. Por encontrarme el mejor hombre que podía desear.

FIN

FIN

Gracias for leer!

"Especialmente para las mujeres, para ser felices, la independencia es un requisito".

de 'How to be Happy' por J. A. Powell "

ADELANTO
LA SERIE: LA HERMANDAD MILTIMILLARIO
VOL. 2

LA CRIADA EN LOS EE. UU.

¿QUIÉN DIJO QUE LOS SOLTEROS MILLONARIOS Y LAS DONCELLAS HUMILDES NO SE PODÍAN MEZCLAR?

Celine Santini no pudo ocultar su asombro cuando el soltero millonario Pierce D'Amato le ofreció un trabajo para cuidar de la niña de cuatro años de edad que está bajo su tutela... Al final de cuentas, él ni la conoce. Pero después de tener un encuentro inesperado íntimo con él, ¿dejan de ser extraños? Celine es cautivada por el galán de ojos verdes que llega a rescatar su corazón, pero ¿cómo puede aflorar sus sentimientos cuando ellos son de dos mundos totalmente distintos?

Desde el primer día que se fijó en esa preciosidad de oscuros ojos, Pierce D'Amato supo que estaba perdido. Inmediatamente diseñó un plan para llevarla bajo su techo... y funcionó. Pero mientras más conoce a la dulce y seductora Celine Santini percibe que hay más y más en esta mujer de lo que jamás podría haber imaginado. Su intrigante combinación de sofisticación e inocencia lo desequilibra y, antes de que se dé cuenta, su corazón solitario lo traiciona. El corazón sabe lo que quiere el corazón y en este caso quiere a Celine Santini... no importa lo que cueste.

Un romance emocionante llenos de giros y vueltas que te mantendrán pasando la página...

CAPÍTULO UNO

Celine tarareaba una canción romántica mientras empujaba el carrito de la limpieza por la alfombra del pasillo. «Hoy va a ser un gran día» se dijo a sí misma, sin importarle que estuviera en Cambridge otro verano más, cuando en realidad prefería estar en su casa en Francia con su madre y sus dos pequeños y ruidosos hermanos.

Sonrió mientras pensaba en Marc y Sylvan. Los niños, de diez y doce años, probablemente tenían loca a *maman* con sus constantes bromas y juegos bruscos. Si sólo pudiera estar en casa con ellos. Era la única que podía hacerles frente.

Se detuvo en la puerta de la habitación 1206. No había tiempo para pensar en eso. Tenía doce habitaciones por limpiar en las próximas horas y quería dar una buena impresión. Los dos últimos veranos, había trabajado en hoteles pequeños donde el pago era mínimo y las horas de trabajo muy extensas. Este verano tuvo la suerte de conseguir un trabajo en uno de los hoteles más grandes de la *Main Street*. Ganaría casi el doble más de lo que ganaba en su trabajo anterior. Aunque era, todavía, muy lejos de ser lo suficiente, si seguía con un presupuesto ajustado podría ahorrar lo suficiente para volver a casa en Navidad.

Celine tocó a la puerta. Nadie respondió. Tocó de nuevo sólo para estar segura y luego sacó su tarjeta, la puso en la ranura y la abrió. Recogió un puñado de toallas y pequeñas botellas de artículos de higiene personal, los sostuvo con su brazo, agarró el mango de la aspiradora y luego se adentró en el cuarto.

La suite presidencial era magnífica, tenía un amplio salón lleno de muebles antiguos y alfombras ornamentales. Una lámpara en forma de araña de cristal brillante colgaba del techo. Celine hizo una pausa para admirar la elegante habitación. «Sí, podría vivir así». Sonrió para ella misma. Probablemente el salario de todo un mes cubriría solo una noche en esta suite.

Ahora, ¿Por dónde empezar? Tenía un montón de toallas, así que se decidió por el baño. Aún tarareando empujó la puerta y entró en el dormitorio.

En ese momento escuchó un clic y la puerta del baño se abrió. Jadeó y las toallas cayeron de sus manos. De pie, frente a ella, con el rostro oculto por una toalla gruesa, estaba un hombre alto, musculoso y desnudo, muy desnudo.

Celine gritó.

— ¡Pero que...! —. El hombre dejó caer la toalla y le devolvió la mirada con un indiscutible asombro —. ¿De dónde saliste?

—Yo... Lo siento—. Dijo Celine mientras retrocedía —. Pensé que la habitación estaba vacía. Lo siento mucho.

El hombre la miraba con sus ojos de un sorprendente color verde —. Estaba en la ducha —. Dijo, mientras pasaba sus dedos por su pelo castaño oscuro —. Por lo que si llamaste no podía escuchar.

Mon Dieu. Él estaba allí de pie, alto y delgado con cada pulgada de hombre, y no estaba haciendo ningún esfuerzo por cubrirse. Celine bajó los ojos, con la cara caliente de vergüenza. Dio la vuelta para huir.

— Espera. Quiero hablar contigo.

¿Hablaba en serio? No se voltearía para hablar con un hombre desnudo no importa lo guapo que estuviera. Estaba de vuelta en la sala de estar y ya había agarrado su aspiradora cuando su voz la detuvo.

— No te vayas —. Dijo, con voz imperiosa y audaz. Sonaba como el tipo de hombre que espera que le obedezcan. Estaba de pie en la puerta del dormitorio y esta vez, por suerte, tenía la toalla envuelta alrededor de su cintura —. Espérame en el salón. Me vestiré.

Sin esperar una respuesta, se volteó para entrar en la habitación, dejando a Celine mirando la entrada vacía. ¿Quién se creía este hombre, ordenándola de esa manera? Frunció el ceño mientras sus pensamientos daban vueltas en su cabeza salvajemente. Ahora que lo pensaba, esa era una muy buena pregunta ¿Quién era, en realidad? Tenía que ser una persona muy importante o, de lo contrario, muy rico para alojarse en la suite presidencial de uno de los hoteles más caros de la ciudad. Su corazón latía cuando un nuevo pensamiento llenó su mente. ¿Regresaría a reprenderla por violar su privacidad? ¿La denunciaría, o peor, haría que la despidieran? Sus palmas comenzaron a sudar y se las deslizó por los lados de su uniforme. No podía permitirse el lujo de perder este trabajo, simplemente no podía. Tenía que defenderse.

En menos de un minuto el hombre estaba caminando fuera de la habitación con pantalones oscuros y una camisa blanca que se abrochaba mientras se acercaba. Sus largos y delgados pies estaban desnudos.

— Siéntate —. Dijo y le hizo señas al sofá cerca de la ventana.

— ¿Disculpe? —. Celine se quedó inmóvil, con la mano en la aspiradora y los ojos muy abiertos mientras le devolvía la mirada. ¿Por qué le ofrecía asiento? ¿Si la iba a reprender por qué no hacerlo de forma rápida y dejarla ir? Realmente debió planificar su regaño. Decidió hablar, tal vez apaciguarlo antes de que él tenga la oportunidad de reprenderla.

— Estoy muy apenada por haberlo interrumpido de esa manera —. Dijo ella, su voz seria. —. No ocurrirá otra vez. Vendré más tarde a limpiar su habitación —. Se dirigió a la puerta, empujando la aspiradora delante de ella. Tal vez si hace una salida rápida las cosas llegarían hasta aquí. Al menos, eso era lo que ella esperaba.

Estaba a medio camino de la puerta cuando él se rió, una risa ronca profunda que le envió un escalofrío por la espalda. La detuvo en seco. Ella volteó para mirarlo.

— No necesitas irte tan rápido —, dijo, metiendo los extremos de la camisa en los pantalones —. Yo no voy a morderte. Sólo quiero hablarte acerca de algo.

¿Hablar con ella? ¿Acerca de qué? La curiosidad se apoderó de ella y cuando él le señaló de nuevo el sofá ella soltó la aspiradora y fue a sentarse recatadamente en el borde de la silla.

— Mi nombre es Pierce D'Amato —, dijo y sacó una tarjeta de presentación del escritorio. Extendió la mano y se la dio — ¿Y tú eres?

— Celine Santini.

— Encantado de conocerte, Srta. Santini —, dijo con una sonrisa y luego arqueó una ceja —. ¿Eres italiana? Tu acento suena francés.

Ella asintió con la cabeza y sonrió —. Buena suposición. Soy de Francia, pero mi padre era un militar estadounidense italiano. Hablo tres idiomas.

Él hizo una reverencia rápida con la cabeza y miró impresionado —. Ahora que nos conocemos podemos conversar —. Se apoyó en la mesa y cruzó los brazos sobre su pecho. Su rostro se puso serio —. Estoy en un dilema, Srta. Santini, y me pregunto si me podrías ayudar.

Celine frunció el ceño. ¿Qué cosa podía hacer ella para ayudar a un hombre como él? Él era obviamente un hombre poderoso, rico y ella no era más que una estudiante de doctorado con un empleo clandestino de camarera de hotel.

— Soy un hombre muy ocupado —, dijo, abotonándose hábilmente los puños de la camisa mientras hablaba, sin apartar ni una sola vez los ojos de ella —, pero de repente me encuentro en una situación difícil. Tengo que hacer que mi negocio funcione y tengo una niña de cuatro años. Necesito los servicios de una niñera.

Celine sólo podía mirar a Pierce D'Amato, convencido de que el hombre se había vuelto loco. No sabía nada de ella. ¿Qué estaba pensando?

— Sé que esto suena descabellado—, dijo él, dándole una sonrisa al notar la confusión en su rostro —, pero fui nombrado tutor de la hija de mi primo de cuatro años y... estoy un poco perdido, por así decirlo —. Se encogió de hombros. — ¿Qué puedo saber yo de niños?

— Así que usted está buscando a alguien para cuidar de ella.

— Sí, una niñera, acompañante, ayudante. Como sea que se llame. Tengo un ama de casa, pero ella está muy ocupada y no creo que acepte el reto de cuidar de un niño de cuatro años. La señora Simpson tiene casi sesenta.

— Pero ¿qué hay de las agencias? Allí pueden ayudarle a encontrar un montón de gente que estaría encantada de cuidar a un niño.

— Ya lo intenté. No funcionó —. Gruñó con disgusto —. Me enviaron jóvenes, viejos, gordos y delgados. Kylie los odiaba. Esa pequeña es muy exigente —.

— ¿Y usted cree que a ella me gustaría?

Él se rió entre dientes —. Estoy seguro de ello. Desde el momento en que puse los ojos en ti sabía que eres la adecuada para Kylie —.

¿Desde el momento en que puso los ojos en ella? ¿Cómo podía tener una opinión tan rápido? Y entonces recordó que ella había armado una opinión de él en esa fracción de segundo, también. Y al recordar su encuentro su rostro se puso caliente. Celine negó con la cabeza —. No lo entiendo.

Él se rió y luego se puso de pie y se acercó a la ventana. Bajó la vista hacia la calle y luego se volteó para mirarla —. Por muy divertido que parezca cuando mis ojos se encontraron con los tuyos algo hizo clic. Tienes una frescura que creo que a Kylie le gustará. Y te ves como una chica que no tiene miedo de divertirse —.

¿Qué quiso decir con eso? Celine frunció el ceño y se puso en pie —. Lo siento, Sr. D'Amato. No creo que sea una buena idea. Tengo un buen trabajo aquí y-

Él se rió —. ¿Trabajando aquí? ¿Salario mínimo? Puedo darte muchas veces más que eso sin pestañear.

Celine contuvo el aliento. El se asustó —. El dinero no lo es todo. Yo no lo conozco. ¿Cómo puedo dejar mi trabajo por un hombre al que no conozco?

— ¿Eso es todo? —. Agitó la mano con desdén —. Tengo grandes referencias, empezando por el hombre que posee este hotel. Él es uno de mis clientes —.

— ¿El Sr. Pierrefond? —. Preguntó con un susurro —. ¿Usted lo conoce? —. Todos los empleados del hotel conocen y respetan a John Pierrefond. Es uno de los pocos hombres de negocios y multimillonarios que se interesa personalmente por sus empleados. Con unos setenta años, aún permanece tan involucrado en sus negocios como cuando había empezado. Los empleados más antiguos nunca dejan de hablar de él.

Pierce se encogió de hombros —. Hemos estado haciendo negocios durante años. Pregúntale —. Y entonces él sonrió revelando un hoyuelo encantador en su mejilla derecha —. Él me apoya. Yo no voy por ahí deslumbrando camareras inocentes, si eso es lo que te preocupa —.

La sonrisa desapareció tan rápido como había llegado. Miró el reloj de oro puro que llevaba en su muñeca y luego la miró —. Es hora de irme. Quédate con la tarjeta y llámame. Tienes hasta mañana. Me regresaré a Springfield y necesito una respuesta antes de irme —.

Celine asintió y guardó la tarjeta en su bolsillo —. Por supuesto —, dijo, apresurándose para recuperar la aspiradora —.Pensaré en eso y se lo haré saber.

— Bien —. Él asintió con la cabeza y antes de que ella se marchara él se dirigió de regreso al dormitorio.

Celine cerró la puerta, apoyó en ella y cerró los ojos. Qué interesante manera de comenzar el día. Acababa de conocer al hombre más seductoramente guapo y su corazón aún guardaba el recuerdo de Pierce D'Amato con esos anchos hombros, la cintura estrecha y el sedoso cabello negro que caía alrededor de su...

Mon Dieu. Tenía que ser fuerte. Pero la imagen de Pierce estaba grabada en su mente y sabía que, si le gustara o no, la perseguiría durante mucho tiempo.

Empujó el carrito a la siguiente suite. No tenía ninguna intención de estar a la vista de Pierce cuando éste saliera de su habitación. La próxima vez que lo viera, de haber una próxima vez, debía ser en términos muy diferentes.

CÓMPRALO EN TU LIBRERÍA ONLINE FAVORITA

OFERTA POR TIEMPO

LIMITADO

$ 0.99 – Vol. 1 - Domada por el multimillonario

$ 2.99 – Vol. 2 – Romance de la criada en los EE. UU.

$2.99 – Vol. 3. – La novia cautiva del multimillonario

$2.99 – Vol. 4 – Engaño peligrose

LA COLECCIÓN

LA HERMANDAD MULTIMILLONARIA VOLS. 1 – 4

$4.99

THE BILLIONAIRE BROTHERHOOD
Volume 1 -Tamed by the Billionaire
Volume 2 – Maid in the USA
Volume 3 – Billionaire's Island Bride
Volume 4 – Dangerous Deception
Volume 5 – To Tame a Tycoon
Volume 6 – Sweet Seduction
Volume 7 – Daddy by December
Volume 8 – To Catch a Man (in 30 Days or Less)
Volume 9 –Bedding Her Billionaire Boss
Volume 10 – Her Indecent Proposal
Volume 11 – So Much Trouble When She Walked In
Volume 12 –Married by Midnight

THE BILLIONAIRE BROTHERS KENT
Book 1 – The Billionaire Next Door
Book 2 – Babies for the Billionaire
Book 3 – Billionaire's Blackmail Bride
Book 4 – Bossing the Billionaire

THE CASTILLOS
Book 1 - Beauty and the Beastly Billionaire
Book 2 –Training the Tycoon
Book 3 –The Mogul's Maiden Mistress
Book 4 –Eva and the Extreme Executive

HOLIDAY EDITIONS
Rome for the Holidays (Novella)
Rome for Always (Novel)

The NAUGHTY AND NICE Series
Volume 1 - **Naughty by Nature**

COMEDY, CONFLICT & ROMANCE Series
Book 1 – Taming the Fury

Book 2 – Outwitting the Wolf
Book 3 –Romancing Malone
THE BILLIONAIRE BACHELORETTES OF BEL-AIR
Book 1 -In Bed with the Enemy
NOVELLAS
The Billionaire's Bold Bet
Tamed by the Billionaire – The Sequel

. . • ⤳ • . .

COLLABORATIONS
A is for Arrangement – Eden Adams
INTERNATIONAL
SPA – Domado por el Multimiionario
FRE – La Milliardaire Apprivoisee
SPA – Romance de la Criada en EEUU
FRE – En Amour avec la Femme de Chambre
GER – Vom Millliardar Gezahmt
SPA – La Novia Cautiva de
SPA – Engaño Peligroso
JAP - For titles in Japanese, contact Tuttle Mori Agency,
Tokyo
NONFICTION
How to Write a Romance Novel
COLLECTIONS
THE BILLIONIAIRE BROTHERHOOD, COLL. I – BOOKS 1 – 4
THE BILLIONIAIRE BROTHERHOOD, COLL. II – BOOKS 5 - 8
THE BILLIONIAIRE BROTHERHOOD, COLL. III – BOOKS 9 -12
BILLIONAIRE BROTHERS KENT – BOOKS 1 – 4
THE CASTILLOS – BOOKS 1 – 4
COMEDY, CONFLICT & ROMANCE – BOOKS 1 - 4
Author contact:

www.judyangelo.com[1]
judyangeloauthor@gmail.com

---

1. http://www.judyangelo.com/

Don't miss out!

Visit the website below and you can sign up to receive emails whenever JUDY ANGELO publishes a new book. There's no charge and no obligation.

https://books2read.com/r/B-A-WPD-RVIF

BOOKS 2 READ

Connecting independent readers to independent writers.

About the Author

New York Times & USA Today best-selling author, Judy Angelo, considers herself a 'traveling writer'. She currently resides in Ontario, Canada but prior to that she called New York and then Illinois home. She has also spent considerable time in the Caribbean, Latin America and Europe. She loves to travel as it provides her with interesting and diverse settings for her stories.

Judy fell in love with romance novels as a teenager and has never lost her passion for these stories of love and life, conflict and reconciliation, relationships and family. For her, it was a natural progression from reading romance novels to writing them. So far, she has written over 70 romance novels, including the best-selling Bad Boy Billionaires series. Her other series include The Billionaire Brothers Kent, The Castillos, and the Comedy, Conflict & Romance series.

She hopes to continue entertaining her readers with intriguing stories for many years to come.

Website - www.judyangelo.blogspot.com

I would love to hear from you! judyangeloauthor@gmail.com

Read more at judyangelo.blogspot.com.